Gerhard Roos

Lonis Männer

Überlebenskunst in der Nazizeit

roos-gerhard-autor.de

Impressum

© 2023 Gerhard Roos

Herstellung und Verlag:

BoD – Books on Demand, Norderstedt

ISBN: 978-3-7526-4275-9

Inhalt

Sönke Müller und seiner Familie dankbar gewidmet

Fast alle Handlungen und Personen sind frei ersonnen. Ähnlichkeiten oder gar Übereinstimmungen mit Lebenden oder Verstorbenen sind außer mit einigen NAZI-, SA- und SS-Bonzen, Wehrmachtskommandeuren sowie KZ-Verantwortlichen zufällig und ungewollt.

Korbinian

Auf beiden Seiten des Tiroler Bächleins oberhalb des Köhlerhofs im engen Seitental des Flusses Lech steigt der dichte Wald steil in die Höhe. Ein gutes Stück Wegs vom Hof entfernt macht das Tal eine scharfe Biegung, hinter der selbst vom höher gelegenen Garten des Hofs aus der weitere Oberlauf des Baches nicht mehr sichtbar ist. Es sei denn, man steigt dem Bachlauf entgegen. Und das machen die Kinder der Bauernfamilie Köhler wie auch die der jungen Witwe des verunglückten Müllers Anton Sailer aus der nun von ihr betriebenen benachbarten Wassermühle recht oft. Außer wenn schweres Wetter hindert. Selbst im dicksten Winter stapfen zumindest die beiden ältesten Buben, der bedächtige neunjährige Korbinian Köhler und sein Bruder, der pfiffige selbstbewusste achtjährige Seppi, gerne zum kleinen Teich unter dem etwa zwei Meter hohen Wasserfall. Ist es länger recht kalt gewesen, kann man dort nämlich aufs Eis.

Oberhalb des Wasserfalls ist ein weiterer größerer Teich. Da hinauf wagt sich ausschließlich die sechsjährige Loni Sailer, aber nur im Sommer. Wie der Name Joseph des zweiten Köhlerbuben zum Seppi wurde, ist auch ihr schöner Name Appolonia schon seit Anbeginn ihres Lebens zur Loni verkürzt worden. Sie ist ein seltsames Kind. Wenn die anderen fröhlich spielen, sitzt sie gerne abseits und beobachtet aufmerksam das muntere Treiben. Ihre Mutter muss nun schon seit über zwei Jahren nicht nur ihre drei Töchter alleine erziehen sondern auch mit teilweise der Hilfe ihrer beiden älteren, Maria und eben Loni, die Mühle in Betrieb halten, um ihre Familie ernähren zu können. Ab und an kommt einer ihrer Brüder aus dem Lechtal herauf, um sie zu unterstützen.

Loni redet nur, wenn es sein muss. Sie ist stark und gesund, marschiert tapfer mit den anderen Schulkindern der beiden Familien im Tal den jeweils dreißigminütigen Trampelpfad zur Dorfschule und ist auch eine gute Schülerin. Aber immer gerne für sich. Ihre Mutter ist infolge der ständigen Anspannung durch Mühle und Familie oft ungeduldig und recht streng, ja bisweilen sogar hart zu ihren Kindern. Am härtesten zur Loni, weil sie deren verschlossene Art nicht begreift, obwohl sie wohl durch ihre Strenge mit dafür verantwortlich ist.

Der einzige, mit dem Loni etwas mehr spricht, ist der neunjährige Korbinian. Seine unbefangene Art, direkt auf sie zuzugehen, dringt durch ihre herbe Schale. Und ihn reizt wohl die nicht ganz normale Art, wie sich Loni gibt. Auf dem Schulweg gehen sie öfter neben einander, und Loni erzählt ihm auf dem Heimweg sogar Einiges vom Schultag.

Der Sommer 1928 ist nicht besonders warm, im Gegenteil. Aber Loni stört das nicht. Fast täglich klettert sie neben dem Wasserfall die zerklüftete Felswand hinauf, mit der sie gar keine Probleme hat, schlüpft aus ihrer einfachen Kleidung und badet ungeachtet der Wasserkälte des Bergbaches nackt in ihrem geliebten Teich. Dann legt sie sich auf einer moosigen Fläche in die Sonne und lässt sich von dieser trocknen. Eben ein urgesundes Naturkind. Ihre Mutter kann sich kaum erklären, warum ihre zweite Tochter stets so adrett und sauber ist, gibt sich aber mit der knappen Erklärung Lonis „im Bach gewaschen" zufrieden. Wenigstens das, die Schule und die Mithilfe in der Mühle klappen bei diesem Kind. Sonst ist es halt das schwierige.

Korbinian ärgert sich allmählich über sich selbst, denn immer hatte er eine gewisse Scheu, den Anstieg über die Felswand zu wagen und zu sehen, was es Besonderes dort über dem Wasserfall zu sehen und zu erleben gibt. Aber nun reicht es ihm. Am Sonntag, dem 3. Juni 1928 nimmt er allen Mut zusammen, geht alleine bis zum Wasserfall und beginnt die Felswand, die ja gar nicht so hoch ist, zu überklettern. Als er oben über die Kante gestiegen ist, muss er um ein kleines Gebüsch herum. Er will sich davor gerade aufrichten, da sieht er zwischen den Ästen hindurch ein Stückchen entfernt die nackte Loni auf ihrem Moosflecken, wo sie sich gerade zum Trocknen niedergelegt hat.

„Ach, das ist ja schön, dass du hier bist." Er geht auf sie zu und bleibt verwundert stehen. „Bist du ein Krüppel? Dir fehlt ja was zwischen deinen Beinen. Wie lässt du denn dein Wasser?" Nun ist Loni verwundert. „Wovon sprichst du? So sehen wir Geschwister alle aus. Ist das bei dir anders?" „Warte, ich zeig´s dir." Zuerst zieht er seine Lederhose aus, aber dann wie auch sie alle anderen Kleidungsstücke. „Siehst du, dass es bei mir anders ist?"

Beide bestaunen nun andächtig die andere körperliche Ausstattung und kommen schnell dahinter, dass sich eben Buben und Mädels in dieser für sie vorerst überraschenden Weise voneinander unterscheiden. „Traust du dich jetzt mit ins kalte Wasser?" Diese seltsam kecke Frage trifft Korbinians Stolz. „Natürlich!" und schon ist er im Teich. Loni ist sofort dabei und gleich entwickelt sich eine Wasserschlacht der beiden nackten Kinder, unbeschwert und fröhlich.

Als sie dann pudelnass nebeneinander in der Sonne liegen, fragt ausgerechnet die sonst so zurückhaltende

Loni: „Darf ich dein Ding mal anfassen?" „Warum nicht?"
Korbinian kennt vor Loni nicht die geringste Scheu. Aber
erlebt plötzlich ein ihm bisher unbekanntes Wohlgefühl
bei der behutsamen, ja fast zärtlichen Berührung durch
die Mädchenhand. Ob das bei Loni auch so ist, wenn er
sie streichelt? Ohne zu fragen fasst er behutsam zu. Und
sie strahlt ihn an. „Och, tut das gut. Das ist ja richtig
angenehm."

Diese erste kindliche Erkenntnisstunde über das jeweils
andere Geschlecht führt zu einer neuen Gewohnheit der
Beiden. Oft, wenn sich das unauffällig einrichten lässt,
treffen sie sich oberhalb des Wasserfalls, baden und
toben ausführlich miteinander und liebkosen einander
dann, bis sie getrocknet sind. Als Loni einen mutigen
Schritt wagt und eines Tages ihre Mutter auf die
Geschlechterunterschiede anspricht – sie hat inzwischen
auch bemerkt, dass erwachsene Männer keine solchen
Brüste haben wie erwachsene Frauen –, wird sie schroff
zurückgewiesen. „Dafür bist du doch noch viel zu jung.
Schäm dich für solche Gedanken!"

Dadurch lernen sie und auch Korbinian, dass diese Angelegenheit eine schambesetzte ist und behandeln ihre Treffen am und im Teich als ihr gemeinsames Geheimnis. Immerhin schaffen sie sich geduldig und mit zäher Arbeit einen versteckten Fußsteig, der ihnen den Weg vorbei am rauen Felsen erheblich bequemer macht. Die ergötzliche Zweisamkeit ist beiden diese anstrengende Arbeit wert. So geht das dann zwei Sommer lang. Im Herbst 1929 muss Mutter Sailer aber doch die Mühle aufgeben. Sie ist überfordert. Und nun macht sie den wahrscheinlich größten Fehler ihres Lebens. Sie zieht mit ihren drei Töchtern zu einem Mann, den sie über einen ihrer Brüder kennen gelernt hat, in die Großstadt München. Und wird dessen Ehefrau. Die Kinder aber behalten die österreichische Staatsbürgerschaft.

Otto

Dieser deutsche Bekannte ihres Bruders hatte sich in München angeblich eine Arbeit als „Ordner" bei Veranstaltungen gesucht. In Wirklichkeit ist dieser Otto Haller ein tätiges Mitglied in einer der größten SA-Staffeln des Deutschen Reichs. SA-Oberführer Süd in München ist derzeit der ehemalige Major August Schneidhuber. Otto wird recht bald wegen seiner Skrupellosigkeit zu der kleinen Truppe der Leibwächter Schneidhubers kommandiert. Anfangs, in den Zwanzigern, geht die SA recht aggressiv gegen alle bekannten Linksparteien vor. Die ständigen Radikalisierungstendenzen in der SA haben laufend heftige Spannungen mit der nationalsozialistischen Parteiführung zur Folge. Aber Schneidhuber bleibt vorerst unangefochten. Im Vorfeld der Reichstagswahl 1930 kommt es dann zu einer ernsten Krise zwischen SA und Parteiführung, die sich aber auf den getreuen Sturmmann Otto Haller nicht auswirkt. Er bleibt seiner Aufgabe als Erz-Nazi und Leibwächter treu.

Privat hat das aber seine Auswirkungen. Zum besseren Nachweis seiner „richtigen" Gesinnung hat er sich mit dieser Anneliese Sailer eine Frau gesucht, die mit ihren Töchtern dem Ideal der „arischen" Deutschen genau entspricht. Alle vier haben blonde Haare, die sie in dicke Zöpfe geflochten haben, blaue Augen und schöne, gerade gewachsene Nasen. So schmückt er sich mit dieser Familie im Sinne Hitlers. Und bald ist Anneliese auch wieder guter Hoffnung. Weil auch er flachsblond ist und blaue Augen hat, wird das sicher wieder ein „gutes deutsches" Kind werden.

Stolz nimmt er seine ganze blonde Familie zu allen denkbaren Veranstaltungen seiner Organisation mit. Zur Unterstreichung der nationalen „Ideal-Passform" der werdenden Mutter Anneliese und ihrer Töchterchen lässt er für sie ansprechende Dirndl fertigen und bekommt allmählich in München den Ruf des Musterariers. Das ist aber nur die eine, die Sonnenseite seines Daseins. Da gibt es viel mehr dunkle Seiten, die er aber tunlichst aus der öffentlichen Wahrnehmung heraus hält.

Da ist zum Einen eine Schwierigkeit im Umgang mit seiner Frau. Sie hat – erstmalig, wie sie sagt – heftige Probleme mit der Schwangerschaft. Um sich nicht zu stark zu belasten, verweigert sie sich fast ständig ihrem Mann, der dafür zwar Verständnis heuchelt, jedoch diese Schonungsbitten intensiv als Demütigungen empfindet. Ein Machtmensch wie er benötigt Unterwerfung, Erfolge, Anerkennung und Bewunderung. Also müssen andere menschliche Objekte für die Ausübung und den Genuss seiner Überlegenheit herhalten. Wie bei diesem Typen naheliegend, geht es natürlich um die Anerkennung als Mann, also vorwiegend sexuelle Macht.

Als die bisher bereitwillig verfügbare Partnerin fast vollständig ausfällt, greift er zur nächstliegenden Ersatzmöglichkeit, den Töchtern. So beginnt eine für die beiden älteren Mädels schreckliche Zeit des sexuellen Missbrauchs. Er lässt sich zuerst, mal von Maria, mal von Loni, mal von beiden zugleich einfach durch deren Anblick im unbekleideten Zustand erregen und sorgt selbst für Entspannung. Doch bald geht er weiter, und die beiden Mädchen erleiden Entsetzliches.

Da ihnen ihre Mutter früher schon schroff und eindeutig klar gemacht hat, sie wolle von „solchen Sachen" nichts hören und die Töchter, vor allem die durch ihre Freundschaft mit Korbinian mehr wissende Loni, sollten sich für „solche Gedanken" schämen, schämen sich nun beide auch für die konkreten Geschehnisse und können sich niemandem anvertrauen. Als dann der kleine Siegfried kerngesund zur Welt gekommen und Anneliese ihrem Mann wieder häufiger verfügbar ist, ändert sich an den Missbrauchsgewohnheiten Ottos auch nichts mehr.

Am dreißigsten Juni und ersten Juli 1934 in den frühen Morgenstunden wird die SA-Führung durch Angehörige des weithin berüchtigten SS-Sturmbannes „Oberbayern" festgenommen und wenig später von einem eigens dafür aufgestellten Exekutionskommando der „Leibstandarte SS Adolf Hitler" unter Josef Dietrich größtenteils erschossen. Otto überlebt schwerverletzt, ist aber seither von der Fürsorge und Pflege seiner Frau abhängig. Die hat aber zugleich ein ganz anderes Problem.

Sie hat stark wachsende Erziehungsschwierigkeiten mit ihren beiden älteren Töchtern. Maria, vierzehn Jahre alt und inzwischen heftig im körperlichen Umbruch, entwickelt sich – verdorben durch den Stiefvater – zum SS-Flittchen. Ihr fehlen jegliche Skrupel, sich zu prostituieren, was für ein so junges Mädchen schon ganz unglaublich ist. In der Nähe der Gemeinschaftsräume der SS geht sie erfolgreich und gewinnbringend auf den Strich. Und bringt so viel Geld nach Hause, dass Mutter und Stiefvater schließlich stillschweigend akzeptieren, was sie treibt. Letzterer weiß ja auch warum.

Loni in ihrer nach innen gekehrten Art hingegen wird immer bockiger. Sie verweigert sich sprachlos den Hausaufgaben der Schule, bleibt aber eine Schülerin mit recht guten Noten. Ihre frühere Bereitschaft, zu Hause mitzuhelfen, schwindet. Und wenn sie doch mal den Mund aufmacht, wird sie regelrecht unverschämt. Nach knapp zwei Jahren wendet sich ihre Mutter mit der Bitte um Hilfe für ihren Umgang mit Loni ausgerechnet an die Fürsorge der katholischen Kirche. Dort hat man schnell ein scheinbares Patentrezept zur Hand. Loni soll in ein Erziehungsheim der Kirche eingewiesen werden. Und – wie könnte es anders sein – Anneliese stimmt erleichtert zu. Dieses eine Problem ist sie dann wenigstens los. Der mit seinen Verletzungsfolgen kämpfende und inzwischen auch impotente Mann, die jugendliche Prostituierte und zwei kleinere Kinder im Haus genügen ihr völlig. Ihr Leben ist ohnehin zerstört.

Also kommt Loni in ein Heim. Überraschender Weise ist dieses sehr weit weg von ihrem zu Hause, aber das ist wohl von den Fachleuten der Kirche so gewollt. Die schicken sie in die Nähe von Oldenburg im Oldenburgischen. Wortlos geht sie aus ihrer Familie. Innerlich ist sie mit allem zerbrochen, außer mit den Geschwistern. Aber die will sie mit ihrem Abgang keinesfalls belasten.

Enno

Die Eisenbahnfahrt nach Norddeutschland ist für sie eine seltsame Erfahrung. Sie sind vier Mädels im Alter zwischen zehn und vierzehn Jahren und werden von einer recht alten und ziemlich strengen Nonne begleitet. Die hat aber immerhin das Geschick, den vier Kindern diese Reise nicht langweilig werden zu lassen. Zum Einen kennt sie sich verblüffend gut in den Gegenden aus, durch die sie in den Zügen transportiert werden. So erklärt und beschreibt sie deren Eigenheiten und auch die jeweiligen Bewohner recht lebendig. Manche Geschichten bringen die Kinder gar zum Lachen. Zum Anderen hat sie einige Schulbücher mit und baut geschickt in die langen Fahrtzeiten wiederholt kleine Unterrichtseinheiten ein.

Am Oldenburger Bahnhof wird die kleine Gruppe dann mit einem großen Kraftwagen abgeholt, dessen älterer Fahrer seiner Arbeitskleidung nach entweder landwirtschaftlicher oder gärtnerischer Arbeiter sein dürfte. Er spricht eine seltsame Sprache, die für die

Kinder nur teilweise zu verstehen ist. Schwester Emerenzia erklärt, dies sei „Plattdeutsch", eine Sorte Mundart, die hier noch sehr häufig gesprochen werde. Der Fahrer lacht und sagt mit klarem Hochdeutsch: „Wenn ihr einige Zeit hier gelebt habt, werdet ihr Platt sicherlich gelernt haben. Ihr seid ja noch jung genug. Wir haben schließlich mit eurer Mundart auch unsere Schwierigkeiten." Dann biegt er in die Einfahrt eines beeindruckenden Gebäudekomplexes ein.

Entweder war das mal ein Gutshof oder ein Kloster. Jedenfalls sind die Gebäude, wenn auch außen ein bisschen verkommen, hochherrschaftlich mit großen Fenstern, kleinen Erkern und Türmchen sowie allerlei Steinfiguren versehen. Der Fahrer hält mit dem großen Wagen vor der Eingangstreppe, dreht sich zu den Kindern um und erklärt: „So, das ist nun euer neues zu Hause. Und mich seht ihr auch immer einmal, ich bin nämlich hier der Gärtner. Ich heiße übrigens Jan-Gerd Reimers, aber alle Kinder nennen mich nur Jan. Und das könnt ihr auch so machen. Ich wünsche euch nun, dass ihr euch gut eingewöhnen könnt und hier wohl fühlt." Dann lässt er die Nonne und die Kinder aussteigen, holt das bescheidene Gepäck hervor und bringt schließlich das Auto in einer verschließbaren Wagenremise unter. Der Wagen gehört also auch zum Heim.

Der Empfang durch den Heimleiter, das ist ein Mönch von etwa fünfzig Lebensjahren, ist unerwartet freundlich, wenngleich er auch sofort von festen Regeln im Haus spricht und ankündigt, die Erzieherinnen und Erzieher hätten den Auftrag, streng auf die Einhaltung dieser Regeln zu achten. Er selbst werde von allen Kindern und Jugendlichen „Vater Georg" genannt. Solche festen Regeln sind zumindest Loni recht angenehm. In einer geordneten Umwelt fühlt sie sich sicher. Und die Nonne, in deren große Mädchengruppe sie und die mit ihr herbei gereiste Frieda nun eingeordnet werden, wirkt trotz der Ankündigung einer strengen Ordnung vorerst freundlich und zugewandt.

Diese Schwester Renata erklärt den beiden sofort ausführlich, sie sei eigentlich nur für die Älteren dieser

Gruppe zuständig. Das seien knapp die Hälfte. In ihren Verantwortungsbereich und einen eigenen Schlafsaal kämen nur diejenigen Mädchen, die bereits ihre Tage hätten. Die, bei denen das noch nicht der Fall sei, wohnten im anderen Saal. Für die sei die Schwester Virginia zuständig, die aber erst in zwei Tagen wiederkomme. Die sei zur Beerdigung ihrer Schwägerin nach Lingen an der Ems gereist.

Die genau vierzehnjährige Frieda, die auffällig heftige Schwierigkeiten mit ständigen Zuckungen im Gesicht und ihrer Hände hat, aber schon während der Bahnreise ein recht helles Köpfchen bewies, fragt nun direkt: „Tage haben wir doch alle. Immer neu nach vierundzwanzig Stunden, oder?" Und nun zeigt sich, warum Schwester Renata ausgerechnet für die gerade heran reifenden jungen Frauen zuständig ist. Sie erklärt den beiden Neuen sorgfältig, was demnächst auf sie zukommt. Dieses Aufnahmegespräch wird dadurch zu einer sehr liebevollen und informativen Aufklärungsveranstaltung. Für Frieda kommen da ganz viele neue Informationen.

Für Loni indessen bringt das infolge ihrer Erfahrungen, teils guten mit Korbinian, teils bösen mit ihrem Stiefvater, wenig Neues über die Anatomie der Geschlechter und wichtige Funktionen der Organe, aber eine völlig neue positive Sicht auf sowohl ihre eigene Sexualität als auch auf die „guter" Männer, wie Renata das ausdrückt. Und zugleich die notwendige eindrucksvolle Warnung vor ungewollter Schwangerschaft.

Die beiden Neuen kommen nun aber zuerst in den Verantwortungsbereich der Schwester Virginia. Und die kommt wie angekündigt nach zwei Tagen wieder zurück. Erschreckt erleben die beiden nun eine vollständig andere Erziehungsmethode. Extrem streng, ohne jedes Verständnis für die nun insgesamt acht Mädchen und sofort mit Schlägen bei der Hand, wenn nicht alles entsprechend ihrer Anordnungen läuft. Manches an ihrem Umgang mit den Kindern ist Loni von ihrer Mutter reichlich vertraut, obwohl die – immerhin – ihre Regeln nie mit Schlägen durchgesetzt hat. Eher mit starrer Nichtachtung. Also macht sie wieder dicht wie in

München, vermeidet damit aber immerhin, geschlagen zu werden, weil sie sich zugleich recht gescheit in die Organisation der Schwester Virginia einfügt.

Da sie angepasster wirkt als sie in Wirklichkeit ist, hat sie bald bei dieser strengen, fast brutalen Schwester ein Stein im Brett. Ihr, der schon als Grundschulkind in der Mühle schwere Arbeit zur Selbstverständlichkeit geworden ist, kann Virginia Aufgaben zuteilen, die so gut keines der anderen Kinder bewältigen kann. Damit organisiert sie sich ein geschontes Dasein.

Innerhalb ihrer Wohngruppe sind die Aufgaben insgesamt recht einfach und von den anderen zumeist jüngeren Mädchen locker auch zu bewältigen. Loni und ein zweites körperlich kräftiges Mädchen, das ein Waisenkind ist, werden deshalb nach einiger Zeit gemeinsam dem Gärtner Jan zugeordnet. Für beide Mädchen ist das regelrecht ein Geschenk. Jan ist nicht nur ein guter Arbeiter und Fachmann, der die im Garten arbeitenden acht Kinder – sechs Buben und die beiden Mädchen – geduldig anleitet und zu begeistertem

Arbeiten motiviert, sondern auch noch ein fröhlicher väterlicher Ansprechpartner auch für manche Nöte, die mit der Gartenarbeit gar nichts zu tun haben. So lässt sich das Leben in diesem Heim für Loni im Großen und Ganzen recht gut aushalten. Und auch die erst zehnjährige Kathi fühlt sich im Garten gut aufgehoben.

Kathi erzählt, dass sie auf dem Bauernhof ihrer Großeltern aufgewachsen ist und deshalb auch richtig anpacken kann. Aber dann kommen ihr die Tränen. Sie ist in ihrem Heimatdorf bei Osnabrück immer von den anderen Kindern gehänselt worden, weil sie ein „lediges Kind" war, also unehelich. Ihre Mutter habe nie jemandem, auch den Großeltern nicht, gesagt, wer ihr Vater sei. Aber sonst habe Mutter sich mit ihren Eltern, Kathis Großeltern, gut vertragen. Vor zwei Jahren sei Kathi morgens zur Schule gewesen, da habe es plötzlich Feueralarm im Dorf gegeben. Gebrannt hätten alle Gebäude des Hofes ihrer Familie, und sowohl die Großeltern als auch ihre Mutter seien ums Leben gekommen. In ihrer Verwandtschaft habe sich niemand gefunden, der sie hätte aufnehmen können oder wollen, so sei sie sofort Heimkind geworden.

Loni ist es gleichgültig, ob es da einen bekannten Vater gibt oder nicht. Sie schätzt Kathi, weil sie so gut miteinander arbeiten können und weil sie dieser auch einige böse Erfahrungen ihres jungen Lebens anvertrauen kann. Sie beide erzählen sonst niemandem, was sie voneinander wissen.

Im März 1936, wenige Wochen vor ihrem vierzehnten Geburtstag, wechselt Loni in die Gruppe der älteren Mädchen, nun hat auch sie ihre Tage bekommen. Schwester Renata versorgt sie mit den nötigen Hilfsmitteln und zeigt ihr, wie sie die entsprechend schmutzigen Textilien sofort und wirksam reinigen kann. Außerdem erklärt sie ihr noch einmal, dass sie nun fruchtbar geworden ist, also jederzeit schwanger werden kann, wenn sie einen Mann „zu nah" kommen lässt. Damit es da keine Missverständnisse gibt, wiederholt sie die Belehrungen und Ermahnungen vom Aufnahmetag, natürlich ahnungslos, dass dieses junge Mädchen schon einschlägige und schwer belastende Erfahrungen mit dieser männlichen „Nähe" hat machen müssen. Loni würde keinen zu nahe kommen lassen, das hat sie sich geschworen. Noch einmal diese Schmerzen? Nein, danke!

Im Juli 1938 bekommt Jan, der tatsächlich Gärtnermeister ist, einen Lehrling. Dieser Enno Tietz stammt aus einem der Nachbardörfer und kommt täglich mit seinem klapprigen Fahrrad zur Arbeit. Seine Eltern betreiben eine Baumschule, zwischen den Bäumen eine Schafzucht und seit Kurzem auf zugepachteten Feldern eine Rhododendron-Anzucht. Das Anpflanzen von Haushecken aus jungen Rhododendron-Büschen, die unterschiedlich farbige Blüten hervorbringen werden, ist bei den Bauernfamilien der Gegend in gewisser Weise zum modischen Wettbewerb geworden. Enno soll, wenn er mit der Lehre fertig ist, diesen besonderen Bereich des Betriebs übernehmen, sein älterer Bruder Gerd lernt im letzten Lehrjahr in der elterlichen Baumschule und wird die später leiten.

Alle acht Heimkinder mögen diesen siebzehnjährigen Enno sofort. Er redet nicht viel, ist immer bescheiden und fröhlich, und arbeiten kann er wie ein Pferd. Auch Jan ist mit seinem Lehrjungen sehr zufrieden. Der bringt einiges Vorwissen mit und lernt schnell und zielsicher. So lässt er ihm auch einige Freiheiten. Ab und an darf er mit dem einen oder anderen Heimkind zusammen Arbeiten erledigen, manchmal bekommt er sogar drei oder vier von ihnen zugeteilt und erbringt mit den Kindern eine stramme Gemeinschaftsleistung. Jan bemerkt auch, dass sich seine älteste Helferin Loni und der pfiffige Enno sofort ausnehmend gut verstehen. Ist da vielleicht auch ein Hauch Verliebtheit? Er hat nichts dagegen, das ist in diesem Alter ja nichts Außergewöhnliches.

Er unterschätzt aber die Findigkeit Ennos. Der Junge hat zielsicher begonnen, häufig in den Gewächshäusern die Jungpflanzen zu pflegen, wo nötig zu pikieren und sich insgesamt dort unentbehrlich zu machen. Längst hat er bemerkt, dass zu den dort notwendigen Tätigkeiten vor allem Loni die notwendige Geduld aufbringen kann und deshalb von Jan gerne zu diesen eingesetzt wird. Immer einmal wieder ist er dann mit ihr allein in einem der Glashäuser. Einige Tage lang arbeitet er jeweils auf der gegenüberliegenden Seite der langen Tische, und dann auch ab und an auf der gleichen, direkt neben ihr.

Um an alle Pflänzchen heranzukommen, müssen sie sich öfter weit über die Tische beugen. Da rutscht der hübschen und wohlgeformten Loni schon immer mal der Arbeitskittel ziemlich weit hoch. Und eines Tages kann sich Enno nicht mehr bremsen und streichelt behutsam Lonis linken Oberschenkel, innen vom Knie langsam aufwärts, sehr weit aufwärts. Loni erschrickt für einen Augenblick, Erinnerungen an ihren Stiefvater blitzen auf, aber sofort werden die überdeckt durch ein beginnendes Wonnegefühl, das sie recht intensiv an ihre Stunden mit Korbinian erinnert. Es ist jetzt aber ganz anders, das Begehren einer Frau. „Du machst mir aber bitte kein Kind! Streicheln jedoch kannst du mich gerne, das ist richtig angenehm."

Aus diesem behutsamen und zarten Beginn entwickelt sich recht schnell in den nächsten Tagen eine echte Befriedigungstaktik auf Gegenseitigkeit, für die die beiden immer wieder die nötige Zeit und ein ungestörtes Plätzchen finden. Nur mit ihren liebkosenden Händen, damit für keinen von beiden die Gefahr besteht, es gebe unerwünschte Folgen. Wenn Enno auch manches Mal mehr würde erleben wollen, er ist vernünftig genug, sich mit dieser Zweisamkeit, die nach dem Krieg dann durch den Einfluss der Amerikaner „Petting" genannt werden wird, zufrieden zu geben. Er kommt sogar oft am Sonntag herbei geradelt, um sein Liebchen zu beglücken, erst recht sich selbst.

Einer ihrer verschwiegenen Orte ist ein Geräteraum im Keller, für den Jan seinen anstelligen Lehrling verantwortlich gemacht hat. Vor allem an den Sonntagen ist im Keller nichts Besonderes los, höchstens während der hektischen Stunden der Essensvorbereitungen in der Küche. Also ein ideales Versteck. Dann kommt der Sonntag, an dem Enno erst am frühen Abend kommen kann, weil zu Hause eine wichtige Sache zu erledigen war. Als Loni und er zum Geräteraum schleichen, hören sie plötzlich hinter der schweren Holztür zu einem abgesperrten Kellerraum, an der ein als Kreuz geformtes Schild „Raum der Einkehr" hängt, ein heftiges Stöhnen. Die Raumnutzung ist, wie jeder weiß, Vater Georg vorbehalten, der dort täglich nach der Morgenmesse zum Gebet weilt. Tagsüber aber eigentlich nie.

Voller Sorge nutzt Enno einen breiten Riss im alten Holz der Tür, um vielleicht erkennen zu können, ob da jemand der Hilfe bedarf. Und staunt. Er fasst Loni an der Hand und zieht sie zur Tür, damit auch sie sehen kann, was dort geschieht. Auf einer großen Pritsche, die den halben Raum ausfüllt, liegt die völlig unbekleidete hübsche Schwester Renata. Und mit ihr tut der ebenfalls vollständig nackte Vater Georg genau das, was die kluge Loni ihrem Enno immer verweigert. Leise schleichen sie in ihr Versteck. „Siehst du", freut sich Enno, „wir brauchen kein schlechtes Gewissen zu haben bei dem, was uns so glücklich macht. Und jetzt wissen wir auch, warum Schwester Renata immer so entspannt und fröhlich ist." „Aber", mahnt Loni, „das mit der ‚Einkehr' lassen wir weiterhin bleiben. Sicher ist sicher." Sie müssen sich Mühe geben, nicht laut zu lachen.

Weniger zum Lachen sind die Ereignisse in und um das Deutsche Reich. Hitlers Politik bewegt sich in einigen Auf- und Ab-Bewegungen immer mehr Richtung Krieg. Enno wird im März 1939, inmitten der politischen Sudetenkrise, achtzehn Jahre alt. Die beginnende Mobilmachung erfasst auch ihn, und der Abbruch derselben einige Zeit später kommt für ihn zu spät. Im Mai wird er doch Soldat werden. In nur zwei Wochen!

Als er das Loni mitteilt, ist sie gerade durch ihre Periode gebremst. Aber sofort nach deren Ende treffen sie sich noch drei Mal innerhalb der letzten Woche an ihren geheimen Orten, bevor Enno dann im fernen Harz Soldat werden muss. Und jetzt geht beiden alle Vorsicht verloren. Loni erlebt nun zum ersten Mal, wie sehr sie die „Einkehr" ihres Enno genießen kann, und auch er verabschiedet sich nach dem letzten Kontakt glücklich und traurig zugleich. Da Lonis Tage gerade vorbei gewesen sind, hat der bewusste Kontrollverlust gar keine Folgen – außer ihrer Abschiedstrauer. Dass dies so glimpflich abgegangen ist, weiß sie aber erst etwa vier Wochen später. Ein Kind von Enno wäre ihr jetzt jedoch durchaus recht gewesen.

Anfang September, wenige Tage nach dem Einmarsch der deutschen Truppen in Polen, kommt Jan traurig zur Arbeit. Die Familie Ennos hat ihm mitgeteilt, dass dieser bei seinem allererersten militärischen Einsatz sein Leben verloren hat. Loni hat große Schwierigkeiten, ihre tiefe Trauer unauffällig zu verkraften. So fasst sie allen ihren Mut zusammen, bittet Schwester Renata um ein vertrauliches Gespräch, berichtet nun völlig offen dieser Vertrauensperson von allen ihren Erlebnissen mit Enno und weint sich tüchtig aus. Als Renata Loni getröstet hat, äußert sie dann doch pflichtgemäß einige Empörung über deren unzüchtiges Leben. Die lächelt daraufhin nun doch, noch unter Tränen, und teilt ihrer Betreuerin mit, dass sie über deren Verhältnis mit Vater Georg Bescheid weiß. Danach versprechen sie einander, über ihr Wissen von der jeweils Anderen Stillschweigen zu bewahren.

Gerold

Am 28. April 1940 wird Loni achtzehn Jahre alt. Das ist ein Sonntag. Aber bereits zehn Tage zuvor berichtet ihr Schwester Renata, dass sie ab dem 1. Mai ihren Dienst als Pflichtjahrmädchen antreten muss, genau wie zuvor seit 1938 alle andern Mädchen aus dem Heim, wenn sie dieses Alter erreicht hatten. Auch sie als gebürtige Tirolerin sei ja jetzt eine Deutsche. Der staatlich gewollte Zweck dieses Pflichtjahres sei es zu lernen, eine „gute deutsche Hausfrau und Mutter" zu werden. Ihr Einsatzort werde ein Bauernhof sein. Dieser liege direkt hinter dem Deich des Jadebusens, aber in einiger Entfernung vom Kirchdorf. „Du wirst dir dort in mancher Hinsicht erst einmal ziemlich fremd vorkommen. Vielleicht sprechen die Leute sogar vorwiegend Platt. Und Katholiken gibt es dort fast gar keine. Aber die Arbeit mit dem Weidevieh und im Haushalt wird dir, wie ich dich kenne, Freude machen. Also wünsche ich dir alles Gute."

Viel Gepäck hat Loni nicht, als sie schließlich mit einem Papier in der Hand losgeschickt wird, auf dem zum

Einen der korrekte Reiseweg samt Bahnfahrzeiten und die Zielanschrift aufgeschrieben sind, zum Anderen auch vermerkt und gestempelt ist, dass sie damit eine freie Fahrt haben wird. Nach Oldenburg zum Bahnhof werden sie und noch zwei weitere achtzehn gewordene Heimbewohnerinnen von Jan mit dem ihr bekannten großen PKW gebracht. Sie darf neben ihm sitzen. Er sagt: „Nun sei nicht traurig. Nimm es als einen Neuanfang und ergreife alle Möglichkeiten, dir eine Zukunft zu gestalten, die dich vielleicht sogar glücklich machen kann." Wie meistens auf Platt. Dann fährt er zurück, und die drei Mädchen steigen in unterschiedliche Eisenbahnzüge. Zwei von ihnen Richtung Ostfriesland und Loni Richtung Wilhelmshaven. Im Bahnhof Varel muss sie aber in eine Bahn Richtung Rodenkirchen umsteigen. Nach einiger Wartezeit setzt sich die in Bewegung, und Loni achtet genau darauf, dass sie auch am Bahnhof „Schweierzoll" aussteigt. Um diesen herum gibt es nicht viele Häuser. Ein recht großer Gebäudekomplex ist laut Aufschrift eine Molkerei, die anderen Häuser sind schon weiter entfernt.

Der Beschreibung des Papierbogens entsprechend wandert sie nun an der Verladerampe der Molkerei vorbei ins offene Land hinaus. Die einzeln liegenden Gehöfte und auch einige kleinere Häuser stehen immer ein gutes Stück voneinander und vom Weg entfernt. Wassergräben durchziehen das Land, das wie ihre Heimat am Lech gar keine Felder aufweist, sondern nur Wiesen. Und auf diesen weiden kleinere und größere Viehherden, auch wie daheim, wenngleich hier diese Kühe schwarz-weiß gefleckt sind, während die in ihrer Tiroler Heimat braun-weiß waren. Trotzdem entsteht bei ihr sofort ein Wohlgefühl. Fast alles ist vertraut.

Sie ist schon beinahe eine halbe Stunde unterwegs, da bemerkt sie erst, dass sich das Sträßchen auf einen Damm zubewegt, der vom rechten bis zum linken Horizont zu reichen scheint. Das muss der Deich sein, von dem ihr Schwester Renata erzählt hat. Schließlich erreicht sie eine recht feste Straße, die entlang des Deiches führt. Einige hundert Meter zur Seite geht's am Deich entlang, und endlich ist sie – hoffentlich richtig –

am Hof der Bauernfamilie Thaden angekommen. Um dorthin zu kommen muss sie sich wieder einige Schritte vom Deich entfernen. Und schon steht sie vor einem recht imposanten Gebäude in einer ihr fremden Bauweise. Aber fast alles scheint ähnlich wie bei den Berghöfen unter einem einzigen Riesendach zu sein.

Sie wird nun sofort begeistert begrüßt, nicht von einem Menschen, sondern von einem riesigen braunen Hund, der schwanzwedelnd auf sie zu kommt. Als Landkind ist ihr das vertraut. Aber sie erschrickt dann doch, weil eine Frauenstimme mit einem Ton, dem man anmerkt, diese Person ist das Anordnen gewohnt, den Hund zum Haus kommandiert. Im großen grünen Haustor im Giebel ist die obere Hälfte des Mittelteils geöffnet worden und eine kräftig wirkende Frau von etwa sechzig Jahren hat den Hund auf Plattdeutsch gerufen. Aber dann kommt sofort, und das viel freundlicher: „Und du bist sicher die Appolonia Sailer, die uns der Ortsbauernführer angekündigt hat." Das ruft sie auf Hochdeutsch. Aber den Ruf für den Hund hat Loni auch verstanden, Plattdeutsch hat sie ja von Jan gelernt.

Loni wird nun sofort ins Haus geholt. Rund um einen ziemlich großen Zentralraum, in dem sich Vieles des Familienlebens abzuspielen scheint, gibt eine ganze Menge Türen. Und eine Treppe in der Ecke erschließt wohl auch noch einige Räume im Dachgeschoss. Das hat sie richtig eingeschätzt, denn die freundliche Hausfrau zeigt ihr sofort ein kleines aber hübsches Zimmerchen dort oben, das eine schräge Wand über dem üppig großen Bett hat, und sagt ihr: „So, damit hast du nun erst mal deine kleine Wohnung." Im Schrank neben der kleinen Gaube hängen einige Arbeitskittel. Da soll sie gleich einen anprobieren, ob die ihr passen. Und der passt so gut, dass er für sie nach Maß genäht worden sein könnte. Als sie sich dazu fast völlig entkleidet hat, betrachtet Margarete Thaden sie einen Moment mit prüfendem Blick und sagt dann: „Du bist ein ausgesprochen hübsches Mädchen. Und Kraft hast du wohl auch. Also passt du gut auf unseren Hof." Den

Kittel kann sie gleich an lassen und bekommt dazu ein passendes Kopftuch, mit dem sie ihre dicken Zöpfe bändigen und schützen kann. Das ist sie aus dem Heim für die Gartenarbeit gewohnt. Als die beiden Frauen wieder in die Diele herunter kommen, sitzt am großen Tisch ein wohl über sechzigjähriger Mann im Arbeitsgewand und lächelt ziemlich müde. „So", sagt die resolute Hausfrau, „das Mittagessen ist gerade fertig gewesen, komm Appolonia, wir decken auf." Während dies schnell geschieht, macht Loni erstmals den Mund auf. „Mir wäre recht, ihr würdet mich Loni nennen." „Ach, das ist kurz und gut. Ich bin die Grete und mein Mann dort ist der Hinrich. Hier sagt jeder zu jedem Du."

Auch bei der schlichten aber nahrhaften und sehr leckeren Mittagsmahlzeit erweist sich der Hausherr Hinrich als recht schweigsam. Ganz das Gegenteil ist seine muntere Frau. Sie erklärt der neuen Hilfskraft den Arbeitsaufwand des Hofes anhand der Beschreibung des Viehbestandes, der Lage der Ländereien und allerlei anderen Einzelheiten. „Wir sind zwar vorwiegend ein

Milcherzeugungsbetrieb. Für ein Stück des Deichs haben wir aber auch die Verantwortung. Deshalb gibt es eine kleine Schafherde. Mit einer Muttersau erzeugen wir jährlich einen Wurf Ferkel, von denen wir immer zwei behalten und schlachtreif werden lassen. Die restlichen werden an einige vorwiegend im Dorf wohnende Nebenerwerbsbauern verkauft, die dann von denen bis zur Schlachtreife gehalten werden. Und der Nachbar Dierks hält immer einen Eber. Der hat auch mehrere Muttersauen und verkauft Ferkel ins ganze Umland. Wir pflegen sein Deichstück mit, dafür deckt der Eber kostenlos unsere Muttersau. Und auch manches Andere geht auf Gegenseitigkeit. Man ist hier draußen halt aufeinander angewiesen."

Um ihr Essen nicht kalt werden zu lassen, verstummt Grete nun erst einmal. Loni nutzt diese Pause, um sich unauffällig den Hausherrn etwas genauer anzuschauen. Trotz seines doch schon fortgeschrittenen Alters macht er noch einen fast flotten Eindruck. Der war als junger Mann sicherlich ein schmucker Kerl. Seine warmherzigen graublauen Augen mustern zugleich auch sie. Also macht auch er sich im Stillen ein Bild von der neuen Helferin. Das bemerkt auch seine Frau und schmunzelt: „Na, Hinrich, dir gefällt die Loni also auch. Jetzt nehmen wir uns die Zeit und zeigen ihr gleich unsere Bau und den ganzen Betrieb.

Aber vorher noch etwas Wichtiges, Loni. Wir sind eine ganz lustig zusammengesetzte Familie. Hinrich ist vierundsechzig Jahre alt und ich werde in Kürze sechzig. Wir sind von unseren Eltern zusammengeschafft worden. Hinrich stammt hier vom Hof und ich von einem Bauernhof zwei Dörfer weiter. Wir waren noch recht jung, wenigstens ich, als ich ihm quasi ins Bett gelegt wurde. Ganz nüchtern waren wir beide nicht, deshalb ziemlich aufgekratzt und zu jedem Spaß bereit. Die Folge dieses Spaßes: ich war schwanger, und wir heirateten. Das war zuerst eine Art Vernunftehe, aber wir haben uns dann doch sehr gut zusammengefunden. Ich kann mir keinen besseren Mann vorstellen." „Und ich mir keine bessere Frau." Aha, Hinrich kann also auch sprechen.

Und der ergreift nun das Wort, um die Familie zu beschreiben. „Wir haben sechs Töchter. Das war dann für Grete ganz schön schwierig, die lange Zeit zu bewältigen, in der ich im Ersten Weltkrieg Soldat sein musste. Da ich nicht freiwillig los bin, haben mich die Behörden erst Anfang 1915 rekrutiert, so habe ich immerhin noch die Geburt unserer Pauline miterlebt. Doch dann waren meine Eltern, mein lediger Onkel Cord und meine Frau mit den sechs teils noch recht kleinen Kindern allein auf dem Hof. Sie haben das gut gestemmt. Und Grete wurde schließlich immer mehr in die Betriebsführung gezogen, da mein Vater plötzlich recht krank wurde. Der ist schon im Advent 1917 verstorben.

Als ich – zum Glück – direkt nach Kriegsende wieder gesund heim kam, fand ich eine Leiterin des Hofs vor, wie ich sie mir nicht besser hätte wünschen können. Und das ist bis heute so." Hinrich lacht behaglich. „Sie hat auch sofort angeordnet, dass ich sie wieder zu schwängern habe, was auch prompt gelungen ist. So gibt es jetzt einen Hoferben, unseren Gerold, der aber nun auch hat Soldat werden müssen. Bemühungen, ihn hier zu behalten, haben nichts gebracht. Alle Jungbauern unseres Dorfes sind eingezogen worden. Gerold ist beim Oldenburger 16. Infanterie-Regiment in Dänemark nur im Wachdienst und ohne Kampfeinsatz. Hoffentlich bleibt das so." Nun ist Hinrich doch bekümmert, und auch Grete seufzt.

Die Ausdehnung der Ländereien ist für Loni die größte Überraschung. So schmal und unendlich lang hätte sie sich ein Bauernhofgrundstück niemals vorgestellt. Aber Grete erklärt ihr, dass diese seltsam gestreckte Grundstücksform durch die Entwässerungsnotwendigkeit entstanden sei. Zwischen zwei starken Flutgräben läge die sogenannte Bau, das Eigentum der jeweiligen Bauernfamilie, die an einem Ende dieser Bau ihre Hofgebäude habe. Und das Wasser der Gräben werde in den sogenannten Sieltiefen zusammengeführt und dann schließlich durch entsprechende Öffnungen im Deich ins Meer geleitet. Diese Öffnungen hießen Deichscharten und die Sieltore darin würden durch den Druck des Meeres verschlossen, so dass das Binnenwasser zwar nach außerhalb fließen könne, das salzige Meerwasser jedoch nicht nach innen.

Am Nachmittag geht es dann um die Milch. Die Kühe, die auf der Weide recht nah am Hof geweidet haben, stehen plötzlich alle am Zaun hinter dem Hofgebäude. Hinrich öffnet das Heck, ein torähnliches Zaunteil, und ohne jeden menschlichen Einfluss traben die Kühe in den Stall, der den hinteren Teil des riesigen Hofgebäudes in voller Breite ausfüllt. Jede Kuh kennt sichtlich ihren Platz, denn es gibt kein Durcheinander. Grete zeigt nun Loni, dass und wie jede Kuh mit einem entsprechenden Kopfgeschirr so fixiert werden kann, dass sie an ihrem Standort bleiben muss. „Hast du eigentlich melken gelernt?" „Ja, aber als Kind zu Hause in Tirol. Das ist schon zehn Jahre her." „Na, dann wollen wir mal sehen, ob du es noch kannst." Und, oh Wunder,

Loni kann es noch. Und wie die es noch kann. In ihren kräftigen Händen hat sie ganz schnell wieder das richtige Gefühl für die Zitzen und im Handumdrehen das erste Euter gründlich ausgemolken. Grete ist begeistert. „Nun nimm dir auch die anderen siebzehn vor. Ich kümmere mich schon mal um die Kälber."

Hinrich, der die Zeit genutzt hat, einen Defekt am Zaun hinter dem Haus zu reparieren, kommt nun auch in den Stall und trifft die Frauen just in dem Moment, in dem Loni alle achtzehn Milchkühe gründlich gemolken und alle Milch in die bereit stehenden Kannen durchgesiebt hat. Sowohl er als auch Grete staunen. Und die strahlt: „Loni, Loni, du bist ja noch erheblich flinker als ich. Und du melkst die Euter trotzdem so gründlich aus, dass es sogar mindesten zwei Liter mehr geworden sind, als wir normal in den Kannen haben." Loni ist aber selbst erstaunt. Nie hätte sie gedacht, dass sie noch so sicher das Melken beherrscht und nun, als erwachsene Person, mit ihren kräftigen Händen so erfolgreich erledigen kann.

In den nächsten Wochen zeigt sich dann, dass sie auch die Verrichtungen, die sie noch nie gemacht hat, sehr schnell begreift. Sie führt das Pferdegespann sicher, lernt schnell, beim Heuen mit der Mähmaschine die langen Flächen sauber zu mähen und mit dem fast fabrikneuen Gabelwender den Schnitt zum Trocknen ordentlich zu wenden, wie auch das Laden der Gabelfuder Hinrichs auf den langen Leiterwagen. Auf den riesigen Heuboden unter dem Dach schaffen sie dann die Heumassen mit einem Greifer, der im Giebel an einer Schiene entlang bis ganz an die Hinterwand geführt werden kann. Für Loni alles tolle technische Hilfen, die sie, außer dem Wagen, noch nie gesehen hat.

So geht der Sommer ins Land. Ein besonderes Interesse entfaltet Loni von Anfang an für das Meer in der Bucht des Jadebusens. Das hat sie ja nun direkt vor dem Deich, auf dem die knapp zwanzig Schafe des Hofes fleißig das Gras kurz halten und die Grasnarbe festtrippeln. Allmählich begreift sie, warum manchmal das Meerwasser ganz nah an die Deichkante schwappt, mal ganz weit weg ist. Hinrich erklärt ihr die Gezeiten. Bald hat sie auch herausgefunden, wann jeweils das Wasser zum Deich gekommen ist und rechnet sich eine Art privaten Tidenkalender aus. Und damit brechen die Kindheitserinnerungen an den Bergbachteich und an Korbinian auf. Wenn das Wasser zur Abenddämmerung da ist, geht sie über den Deich, schlüpft aus ihrem Kittel und badet nackt im Meer. Grete kann es kaum fassen, hat ihr aber ein großes grobes Tuch gegeben, mit dem sie sich jeweils abtrocknen kann. Mehr und mehr hat sie das Naturkind Loni ins Herz geschlossen.

Alle Mädchen des Kirchdorfes und der Außenhöfe zwischen etwa sechzehn und vierundzwanzig Lebensjahren bereiten ab Mitte September dann das Erntedankfest vor, das dort als kleines aber feines Dorffest mit Gottesdienst, gemeinsamer Mahlzeit für alle und Tanz gefeiert werden wird. Wie alljährlich. Bei geeignetem Wetter im Freien rund um die alte Kirche, bei ungeeignetem in der großen Pfarrscheune, die eigentlich nur noch ein Leergebäude mit Dach ist.

Kränze werden aus Heu geflochten, getrocknete Blüten angebracht und allerlei Obst aus den großen Gärten zusammen getragen.

Und dann kommt für die Familie Thaden die freudige Überraschung. Ihr Sohn Gerold kommt am Vorabend des Festes für einen Heimaturlaub herbei. Grete und Hinrich sind vor Freude ganz aus der Spur. Und Loni lernt nun auch den Jüngsten der Geschwister endlich kennen. Was für ein hübscher starker Kerl das ist! Die Uniform ist schon ein wenig mitgenommen, aber das ist, so erklärt er seiner Mutter, völlig normal.

Nun kann er also am Sonntag, dem 6. Oktober, ganz entspannt das Erntedankfest mit feiern. Viele junge Männer aus seinem Alter dürften gar nicht da sein, da gibt es eine reiche Auswahl an Tänzerinnen. Keine üble Aussicht. Mutter Grete aber hat gesehen, mit welchen Blicken ihr Sohn die hübsche Loni sorgsam betrachtet und wie auch die auf ihren Gerold reagiert. Die zielsichere und patente Frau sieht sofort die deutliche

Möglichkeit, eine tüchtige Frau für ihren Jungen zu gewinnen. Also entwickelt sie einen Plan.

Loni indessen erinnert sich an die Abschiedsworte des alten Gärtners Jan-Gerd Reimers: „...ergreife alle Möglichkeiten, dir eine Zukunft zu gestalten, die dich vielleicht sogar glücklich machen kann." Hier bietet sich die Gelegenheit, bei diesem schmucken Soldaten den Anker zu werfen, vielleicht ihr Leben lang in dieser schönen Gegend zu bleiben, und das sogar als Bäuerin eines der besten Höfe weit und breit. Grete weiß davon natürlich nichts, und auch Loni ahnt nichts von deren Plan. Aber für Gerold sind gleich zwei Mausefallen bereit, eine davon wird zuschnappen. Er jedoch ist völlig arglos. Nur schon sehr, sehr angetan von diesem tüchtigen und adretten Pflichtjahrmädchen.

Es wird spät, bis alle vier schlafen gehen. Die Eltern Gerolds natürlich wie immer in ihrer Schlafstube neben der Tenne. Loni in ihrem behaglichen Stübchen unter dem Dach und, für ihn überraschend, Gerold nicht in seinem früheren Kinderkämmerchen neben der

Elternschlafkammer, sondern auch er im Obergeschoss, im früheren Zimmerchen seiner Schwester Edda. Das gehört zu Gretes Plan. Am Sonntagmorgen packt Gerold tüchtig mit an. Seine Mutter hat ihm Arbeitskleidung zurechtgelegt. Und ihm klar aufgetragen, angesichts der knappen Zeit bis zum Gottesdienst Loni beim Melken zu entlasten. Ein weiterer Bestandteil ihres Plans. Als er die siebte Kuh ausgemolken hat, ist Loni mit den übrigen elf schon fertig. Donnerwetter, denkt der Jungbauer, die sieht nicht nur richtig gut aus, die kann auch richtig gut arbeiten. Und Platt kann sie auch schon.

Alle vier brechen rechtzeitig auf, um in der sicherlich vollen Kirche noch Plätze zu bekommen. Doch macht sich dort der Jungmännermangel deutlich bemerkbar, es sind genügend Plätze frei. Loni sitzt natürlich bei den anderen jungen ledigen Frauen. Sie hat direkt im Anschluss an den Gottesdienst ihre feste Aufgabe, mit einigen Anderen die fertig gestellte schlichte Eintopfmahlzeit zu verteilen. Die Tische sind, der Kriegszeit geschuldet, aus einigen Häusern des Dorfes zusammengetragen. Die Mischung ist gar nicht so übel. Nach der Mahlzeit, bei der schon der erste Alkohol gereicht wurde, – der „Schluck" ist hier bei solchen Festmahlzeiten normal – wird abgeräumt und die Scheunentenne durch emsiges Tischerücken zum Tanz vorbereitet. Die drei alten Brüder Brunken, alle drei gute Musikanten, spielen auf.

Die älteren Paare gehen sofort auf die Tanzfläche, lange genug haben sie auf diese Gelegenheit, dem Kriegselend zu trotzen, warten müssen. Allmählich geht einer der jungen Kerle nach dem anderen zu der Ecke, wo die Mädchen beisammen sitzen, und bittet sich eine davon auch zum Tanz. Gerold hat lange gezögert, sieht erfreut, dass Loni bislang noch keinen Tänzer hat und kommt nun zielsicher auf sie zu. Er muss gar nichts sagen. Auch sie bleibt wortlos, geht aber sofort mit ihm in das fröhliche Gewusel. Die einfachen Tänze der Dorfbevölkerung brauchen keine große Übung, schnell haben sich die beiden jungen Leute in den Rhythmus eingefügt. Und Grete beobachtet beglückt, dass beide überhaupt keine Partnerwechsel zu suchen scheinen, sondern ständig miteinander tanzen.

Die erfahrenere Loni bemerkt recht bald, dass im vom Soldatendasein gesellschaftlich ausgehungerten Gerold deutliches Begehren aufquillt. „Na", denkt sie, „wie ich es gehofft habe. Wenn das so ist, dem Mann kann geholfen werden." Bei Allem, was nun folgt, einigen Tanzspielen, einem Wettwerfen und allerlei Anderem weicht sie Gerold nicht mehr von der Seite. Der junge Mann genießt das sichtlich. Als es für alle die Bauersleute Zeit wird, an die Stallarbeit zu gehen, gibt es noch einen flotten Abschlusstanz und die notwendige Verabredung für's Aufräumen am nächsten Tag. Schon packen die Tischeigentümer ihre wichtigsten Möbel, und heim geht's zur Arbeit mit dem Vieh.

Wieder schafft Loni mehr Kühe als der von der Stallarbeit etwas entwöhnte Sohn des Hauses. Nach dem Abendessen kommt nun Lonis nächster Planbestandteil an die Reihe. Sie äußert fröhlich: „Das hat heute viel Freude aber auch ziemlich müde gemacht.

Ich gehe deshalb schon früh schlafen. Also allerseits gute Nacht." Grete sieht den Blick, den sie Gerold zuwirft, bevor sie tatsächlich die Treppe hinaufsteigt. So wartet sie nicht lange, bis sie ihrem Hinrich gähnend vorschlägt: „Komm, wir gehen auch schlafen. Loni hat recht, das Fest hat doch ordentlich müde gemacht." Ihr Mann nickt zustimmend. Allmählich begreift auch er, was hier von den beiden Frauen gespielt wird. „Also dann auch dir eine gute Nacht, Gerold." Grete streicht ihrem Sohn über den Kopf, und die beiden Alten verschwinden hinter der Tür ihrer Schlafkammer.

Allein hier herumsitzen macht dem jungen Mann auch keine Freude. Er grübelt, wie er wohl der Loni, in die er sich tatsächlich verliebt hat, irgendwie näher kommen kann. Ihm fällt nichts Gescheites ein, also steigt nun er ebenfalls die Treppe hoch, um sich in sein Schlafkämmerlein zurückzuziehen. Dazu muss er ja an Lonis Kammertür vorbei. Er erschrickt. Diese Tür steht offen. Auf der kleinen Waschkommode brennt eine Kerze. Und auf dem Bett liegt Loni – splitternackt sowie mit wunderschön offener Haarpracht – und winkt ihn unmissverständlich herein. Behutsam schließt er hinter sich die Tür, doch dann geht ihm jede Behutsamkeit verloren. Mutter Grete und die schlaue Loni haben ohne Absprache ihr gemeinsames Ziel erreicht, die Falle ist zugeschnappt.

Gerold ist völlig unerfahren, aber Loni ist die perfekte Lehrmeisterin. So kommen beide voll auf ihre Kosten. Selig schläft der Hoferbe dann in Lonis Armen ein. Als sie am nächsten Morgen fast gleichzeitig, und sogar überraschend zur Stallarbeit rechtzeitig, erwachen, strahlt der junge Mann seine Bettgenossin an: „So kann's bleiben, mein Leben lang." Loni lächelt nur und mahnt dann: „Trotzdem müssen wir jetzt zum Vieh." Als sie zusammen die Treppe herunter kommen, ist Mutter Grete alleine in der Küche und grüßt durch die offene Tür. Sie verkneift sich jeden Kommentar, weiß sie doch genau, was da heute Nacht geschehen ist. Die jungen Leute gehen direkt zur Stallarbeit, kurz danach kommt Hinrich auch in die Küche. „Na, was gibt's Neues?" „Wir kriegen die Loni zur Jungbäuerin, da bin ich mir ganz sicher." „Na, also." Auch dem klugen Hinrich gefällt diese Entwicklung in der Familie.

Mit geradezu verblüffender Selbstverständlichkeit gehen alle vier beim Frühstück zur Tagesordnung über. Die Jungen sind zum Aufräumen der Pfarrscheune verpflichtet, die Alten erledigen ihre täglichen Aufgaben. Grete kocht heute allein, da Loni nicht wissen kann, wann die Scheune wieder völlig in Ordnung ist. Als Loni und Gerold Arm in Arm in der Pfarrscheune auftauchen, sind nur wenige der Helfer erstaunt. Der Ablauf des gestrigen Festes hat schon gezeigt, was sich da bei den beiden entwickelt hat. Bis zum Mittagessen hat schließlich der immer noch ziemlich überrumpelte Gerold seine Sprache wieder vollständig erlangt.

„Das mit Loni und mir ist zwar noch ganz neu, aber ich denke, wir werden zusammenbleiben und nach meiner Soldatenzeit voll in den Hof einsteigen. Oder hast du da was dagegen, Loni?" Strahlend schüttelt sie energisch den Kopf. Sie könnte sich nichts Schöneres denken, zumal sich Gerold in dieser Nacht auch als äußerst angenehmer Liebhaber erwiesen hat. Bis sie sich am Abend wieder gemeinsam für's Bett richten, hat Gerold schon weiter gedacht. „Wenn du sowieso bei mir bleiben willst, kannst du jetzt ja auch ein Kind von mir bekommen." Also sind alle denkbaren Hemmnisse beiseite.

So gehen Gerolds Heimaturlaubstage viel zu schnell vorbei. Und erst recht die Nächte. Es fließen dann doch ein paar Tränen Lonis, als er wieder seine von Mutter Grete überarbeitete Uniform angezogen hat und sich auf den Weg zum Bahnhof macht. „Pass bitte auf dich auf. Ich brauche dich, wir alle hier brauchen dich, und wenn ich wirklich schwanger geworden bin, braucht dich unser Kind erst recht."

Das wird sie sehr bald wissen, denn sie ist immer recht pünktlich mit ihrer Periode, und bereits in zwei Tagen soll die beginnen. Aber natürlich nur, wenn sie nicht schwanger geworden ist. Und so ist es dann auch. Auf die Frage ihrer zukünftigen Schwiegermutter, ob sie schon was wisse, kann sie die beruhigen. Doch auch Grete und Hinrich wäre es wie ihr durchaus recht gewesen, wenn sich da eine neue Generation für den Hof angezeigt hätte. Großeltern sind die beiden Alten schon lange. Insgesamt fünfzehn Enkel in den sechs Familien der Töchter. Sieben in Varel, zwei in Wilhelmshaven und die anderen in umliegenden Dörfern.

Loni überlegt oft am Abend in ihrem Bett, ob es nun wirklich Liebe ist, was sie mit Gerold verbindet, oder doch eher eine Art Nützlichkeitsdenken, vernünftig und zukunftssicher versorgt zu sein. Dann beschließt sie endgültig, dass es beides ist, denn ihr Gerold fehlt ihr doch sehr. Umso schöner ist es dann, dass er sich mit einer Feldpostkarte für einen Weihnachtsurlaub anmeldet.

Inzwischen haben die drei auf dem Thadenhof am Deich eine besondere Anschaffung getätigt. Hinrich ist schon lange damit beschäftigt, für die Pferde außer den landwirtschaftlichen Geräten auch noch so etwas wie eine Kutsche zu erwerben. Und dann ergibt sich eine

Möglichkeit. Der vierzigjährige Tierarzt, der die Praxis des alten Doktors übernommen hatte, konnte mit dessen kleiner einspänniger Chaise nichts anfangen, da er oft seine Frau und die vier Kinder mitzuführen hatte. Beispielsweise zu Oma und Opa in Nordenham. Also kam eine Break herbei und die zweisitzige Chaise wurde überflüssig. Als er Hinrich das gelegentlich einer Kälberimpfaktion erzählt, schlägt der sofort zu, zumal der Preis anständig ist. Es ist ja auch ein älteres Fuhrwerk, aber doch noch gut zu brauchen.

So ereignet es sich dann, dass Gerold am 22. Dezember aus der Bahn steigt und verwundert am kleinen Bahnhofsgebäude eines der Pferde seiner Eltern stehen sieht, das in eine Chaise eingespannt ist, auf deren Sitzbank seine strahlende Loni sitzt, um ihn nach Hause zu holen. Nach einem herzhaften Begrüßungskuss setzt sie gekonnt das Fuhrwerk in Bewegung und bringt ihren Gerold flugs zum Deich.

Beim Frühstück am nächsten Morgen nach der Melkarbeit hat Hinrich den Auftrag seiner Grete zu erledigen, dem jungen Paar die Planung für die Feiertage mitzuteilen. „Morgen gehen wir alle in die Christmette. Am Ersten Feiertag kommen dann – wie jedes Jahr – alle unsere Töchter mit ihren Familien zu uns zu Besuch. Wir haben die alten Bänke und Tische schon unter die Treppe gestapelt, damit sie nicht so kalt sind. Was ihr noch nicht wisst: Wir haben gedacht, ihr könntet euch, wenn ihr wollt, bei dieser Gelegenheit verloben. Ihr habt ja beide gesagt, dass ihr zusammen bleiben wollt." Gerold nimmt Loni fest in den Arm und schmunzelt: „Das ist wieder typisch Mutter. Alles sorgfältig geplant. Und der Herr Sohn hat kaum eine Möglichkeit zu widersprechen. Aber keine Sorge, das will er auch gar nicht. Wir beide hatten heute Nacht die gleiche Idee, also machen wir das so." Ein langer Kuss besiegelt diese Zusage.

So wird dieses Weihnachtsfest doch ein bisschen anders ablaufen als üblich. Natürlich bleiben der große Weihnachtsbaum und bescheidene Geschenke für die Enkel eine wichtige Sache, aber eine Verlobung ist dann doch schon etwas sehr Besonderes. Keine der Schwestern Gerolds weiß natürlich von dieser Besonderheit. Und Grete und Hinrich wissen nicht, ob die Schwiegersöhne, die an der Front eingesetzt sind, alle über die Feiertage Heimaturlaube haben. Aber nur Theas vierzigjähriger Mann, der wie Gerold in Dänemark Wachsoldat ist, durfte auch nach Haus. Thea ist die Älteste, hat zwei Kinder und wohnt bei Nordenham. Die weiteren fünf Männer sind in verschiedenen Frontbereichen im Einsatz. Die anderen Schwestern, Edda, Lore, Heike, Christa und Pauline sind aber vorerst noch guten Mutes. Christa, deren Mann zur See fährt und nun Bootsmann auf einem Kriegsschiff ist, hat sogar eine Nachricht von ihm, dass überhaupt noch keine Einsätze stattgefunden haben.

An der großen Mittagtafel klopft Gerold plötzlich an sein Glas. Er steht auf, greift in seine Jackentasche und verkündet, dass er jetzt mit diesen Ringen für Loni und sich ihre Verlobung besiegeln wolle. Nun sind alle überrascht, aber auch seine Eltern und Loni. Hat er doch tatsächlich in Dänemark einen Goldschmied gefunden, dem er ein Ringepaar abkaufen konnte! Die größte Verwunderung kommt aber bei der ganzen großen Familie auf, als er Loni ihren Ring ansteckt und der tatsächlich genau passt. Er hatte das richtige Augenmaß.

Am 6. Januar 1940 bringt ihn Loni mit der Kutsche wieder zum Bahnhof. Erst beim Abschiedskuss gesteht er ihr, dass er nun anders eingesetzt werde, vermutlich an der Ostfront. Wenn er Glück habe, wieder im Wachebereich, vermutlich jetzt aber eher doch bei Kampfeinsätzen. Bei der Rückfahrt kommt Loni erst richtig zum Bewusstsein, was das heißt. Ab sofort ist ihr Liebster in realer Gefahr. Die Angst erinnert sie an ihre Kindertage in München, als ihr nichts anderes half als Beten. So faltet sie ihre Hände über den Zügeln des Pferdes und richtet ein Stoßgebet gen Himmel. Grete merkt sofort, dass bei ihr etwas anders geworden ist und gibt keine Ruhe, bis auch sie und Hinrich erfahren haben, was ihrem Sohn nun ins Land steht.

Was Loni nun ins Land steht, bemerkt sie wenige Wochen später. Jetzt ist sie schwanger. Nun soll es mit Gerold kommen wie es will, sie wird sein Kind haben. Das ist ihr eine große Freude und eine tröstliche Aussicht. Gerolds Eltern sind, als sie diese Neuigkeit erfahren, ganz begeistert. Und planen nun mit Loni zusammen einen sinnvollen Hochzeitstermin. Hinrich fährt extra nach Wilhelmshaven, um am Marinestandort zu erfragen, wie ein Soldat an einen Heiratsurlab kommen kann. Der ältere Soldat im Hafenbüro gibt ihm bereitwillig Auskunft. Termin mit Standesamt und Pfarrer absprechen, sich von beiden schriftlich bestätigen lassen, und dann einen Antrag in Oldenburg beim 16. Infanterie-Regiment der Reichswehr stellen. Weil Gerold zu diesem doch gehöre. „Das klappt bisher immer" versichert er.

Für die geplante Hochzeit am Samstag nach Ostern werden nun erst einmal Termine beim Standesbeamten, dem Posthalter Ferdinand Gollenstede, und beim alten Pastor Donnemuth verabredet. Loni bekommt von jedem der beiden Amtsträger eine schriftliche Bestätigung. Und vom Pastor mit strenger Miene ermahnende Worte, weil sie schon schwanger ist. Lächelnd über den weltfernen Eifer des Geistlichen fährt sie mit der Kutsche zurück zum Hof. Den Antrag beim Regiment stellt sie nicht per Post. Das ist ihr zu unsicher. Erstmals in ihrem Leben fährt sie, Hinrich als treuer Begleiter neben ihr, mit der Chaise die weite Strecke bis in die Metropole. Die Kaserne im Stadtsüden finden die beiden sofort, denn Hinrich war selbst einst dorthin rekrutiert worden.

Der Schreibstubensoldat, ein Kriegsversehrter Veteran aus den Ersten Weltkrieg, wackelt zweifelnd mit dem Kopf. „Das klappt nur, wenn an der Ostfront nicht gerade gekämpft wird. Ich will gerne mein Bestes versuchen." Als er von Lonis Schwangerschaft erfährt, schreibt er auf den Antrag: „Sehr dringend!"

So geht die ganze große Thaden-Familie emsig an die Vorbereitung der Hochzeitsfeier. Es sind zwar verdammt karge Zeiten, aber ein Mindestmaß an Feierlichkeit sollte sich doch erreichen lassen. Heike, die in Varel in eine

Bäckersfamilie eingeheiratet hat, verspricht, mit ihrem Schwiegervater gemeinsam aus allerlei geheimen Sondervorräten der Bäckerei eine richtige Hochzeitstorte zu fertigen. Fleisch und andere landwirtschaftliche Erzeugnisse hat Grete selbst „schwarz" in Vorrat. Und Thea, die Bäuerin in einem außergewöhnlich großen Hof in der Nähe von Nordenham geworden ist, will genügend Käse zum Abendessen und Eier für einfache Blechkuchen bringen. Ausreichend Obst hat der Thadenhof selbst.

Auffällig ist, mit welcher Zuneigung die sechs zukünftigen Schwägerinnen Loni immer wieder begegnen. Alle sehen, das ist die richtige Bauersfrau für den elterlichen Hof. Und schließlich die werdende Mutter des Kindes ihres Bruders. Loni selbst macht sich gar nicht viele Gedanken um die Feier. Ihr reicht das Wissen, dass sie bald Appolonia Thaden sein wird, nun hier am Deich ihre Heimat gefunden hat und mit Gerold einen Mann, wie er in ihrer aus böser Erfahrung genährten Wunschvorstellung besser gar nicht sein könnte.

Ostern geht in den Hochzeitsvorbereitungen fast vergessen, gut, dass Theas Mägde eine ordentliche Menge Eier gefärbt und alle fünfzehn Thadenenkel ihre Freude haben. Am Dienstag nach Ostern, dem 26. März 1940, erhält die Familie Hinrich Thaden dann ein Telegramm: Gerold ist „im Dienste am deutschen Volk ehrenvoll" an der Ostfront gefallen.

Die sonst so starke Grete bricht regelrecht zusammen. Loni ist natürlich erst recht ganz untröstlich und auch knapp vor einem Zusammenbruch. Angesichts des Vollausfalles Gretes reißt sie sich aber energisch zusammen und versucht, ihren Kummer in Arbeit zu ertränken. Hinrich und sie stemmen alle anfallenden Arbeiten. Sogar mit dem Kochen und anderen Dingen, die Grete sonst sicher im Griff hat, kommt sie zurecht. Am für die Hochzeit vorgesehenen Samstag ist die aber wieder soweit zu sich gekommen, dass sie ihre Arbeit selbst erledigen kann. In der Frühe fehlt nun aber Loni im Stall. Hinrich macht sich vorerst alleine ans Melken und Grete geht die Treppe hoch, um zu schauen, wo Loni bleibt. Und ist schon wieder fassungslos. Loni hat die Decke zurückgeschlagen, liegt tränenüberströmt in ihrem Bett in einer großen Blutlache und schluchzt: „Ich habe gerade unser Kind verloren!"

Nun müssen die Kühe warten, bis Hilfe geholt ist. Hinrich fährt mit dem Fahrrad zuerst zu Lore, die ein Stück weiter nördlich, auch am Deich, einen Bauernhof bewirtschaftet. Die hat auch ein Pflichtjahrmädchen, dem sie das Vieh überlassen kann, und eilt mit ihrem Vater zum Thadenhof. So wird das Vieh wenigstens rechtzeitig gemolken. Grete hat inzwischen den sechzehnjährigen Nachbarssohn zur Hebamme Hedwig Baum schicken können. Die ist dann auch gleich mit ihrem Fahrrad zur Stelle. Und bestätigt Lonis Erkenntnis, eine Fehlgeburt erlitten zu haben. Der Schmerz um Gerold und die wilde Schafferei waren zu viel. Sie macht sich klar: Der Krieg hat ihr Enno, Gerold und ihr Kind genommen. Ihr Hass auf den allseits so verehrten Führer wird grenzenlos.

Tammo und Tymon

In den folgenden Wochen bis zum offiziellen Ende von Lonis Pflichtjahr treffen sich die Thaden-Schwestern öfter mit ihren Eltern, um zu bereden, wie es denn wohl mit dem Hof weitergehen könne, wo der vorgesehene Erbe verstorben ist und Loni weder als seine Witwe noch als werdende Mutter seines Kindes irgend einen rechtlichen Anspruch hat. Grete und Hinrich möchten, dass sie bis zur Übernahme des Hofes durch eine der Töchter mit ihrer Familie – wer weiß, ob und wann die Männer wieder fest zu Hause sein werden – als angestellte Magd auf dem Hof bleiben soll. Und Loni ist gern damit einverstanden. So vermeiden die Alten, sich auf neue Helfer einstellen zu müssen, behalten die junge Frau, die sie lieb gewonnen haben, bei sich, und erhalten ihren Nachkommen, wer immer hier einsteigt, den Hof in bestem Zustand. Loni ist dafür genau die Richtige.

Es dauert schon einige Monate, bis sich Mutter, Vater und die Fast-Witwe Gerolds mit etwas Abstand auf seinen Tod einstellen können. Für Loni ist die Bewältigung der Fehlgeburt eigentlich sogar die größere und schwierigere Aufgabe. Aber, wie das Sprichwort sagt, die Zeit heilt alle Wunden. Oft sind einige Enkelkinder, mal nur eines, mal mehrere, für einige Tage zu Gast und erfreuen ihre Großeltern. Loni wird ihrer Ruhe und Freundlichkeit wegen von allen diesen Kindern geliebt.

So verrinnen die Monate. Der Krieg geht nicht, wie von vielen erhofft, bald dem Ende entgegen, sondern – trotz erheblicher Siege der Wehrmacht – wird von Berlin, angeblich sogar von Hitler selbst, ein zusätzlicher Kriegsschauplatz nach dem anderen eröffnet. Die jüngeren Bauersfrauen, deren Männer ja alle irgendwo im Krieg sind, kämpfend oder vermisst, manch einer längst gefallen, werden nur mit der Hilfe zugewiesener Hilfskräfte mit der schweren Hofarbeit fertig. Recht beliebt sind die Pflichtjahrmädchen, die auch dann fast immer eine ordentliche Hilfe darstellen, wenn sie aus einem ganz anderen Umfeld kommen. Das sind aber zahlenmäßig viel zu wenige. Also hat schon kurz nach Ausbruch des Krieges die Reichsregierung über die regionalen und örtlichen Parteiverantwortlichen einen Kriegsgefangenen nach dem anderen als bäuerliche Zwangsarbeiter in die Höfe verteilen lassen. Das erspart Gefangenenlager einschließlich Personal und hält den „Reichsnährstand" wirtschaftlich am Laufen.

Im der Marsch hinter den Deichen der Nordsee und der Flüsse Elbe und Weser sind vorwiegend polnische und sowjetische junge Männer im Einsatz. Der einheimischen Bevölkerung sowie den Betroffenen selbst wird genau vorgeschrieben, wie sich zu verhalten ist. Die zu freundliche Behandlung dieser „volksfremden" Zwangsarbeiter ist bei strenger Bestrafung verboten, die jungen Männer selbst sollen peinlich auf Abstand achten. Typisches Beispiel dieser Vorschriften ist der Artikel 7 des Reichs-Pflichtenkatalogs *„für Zivilarbeiter und -arbeiterinnen polnischen Volkstums während ihres Aufenthaltes im Reich".* Darin heißt es sogar ausdrücklich: *„Wer mit einer deutschen Frau oder einem* *deutschen Mann geschlechtlich verkehrt oder sich ihnen sonst unsittlich nähert, wird mit dem Tode bestraft.*" Im Großen und Ganzen respektieren fast alle Beteiligten solche Vorschriften – aus Selbstschutzinteresse.

Aber nur fast alle. So manche Bauersfamilie behandelt ihren tüchtigen Zwangsarbeiter doch um Einiges besser als vorgeschrieben. Erstens arbeitet der fleißig, und zweitens haben die Familienmitglieder auch ein bisschen Mitleid mit diesen jungen Männern. Selten, aber doch ab und an gibt es auch Ausreißer aus allen Zwängen. So sind im April 1942 einige Dörfer weiter zwei polnische Zwangsarbeiter ohne jedes Gerichtsverfahren erhängt worden, weil sie Liebesverhältnisse mit zwei deutschen Pflichtjahrmädchen angefangen hatten. Wohin die Gestapo diese Mädchen geschafft hat, weiß keiner. Und eine verwitwete Bauersfrau in einem Stedinger Dorf hat ihrem russischen Zwangsarbeiter ein Kind geboren. Auch der wurde mit dem Tod bestraft und die Frau mit ihren älteren Kindern und dem „Rassenschande-Balg" von Haus und Hof verjagt. Wohin ist auch unbekannt.

Nachdem sich diese Ereignisse herumgesprochen haben, sind sowohl die betreffenden Kriegsgefangenen als auch die Arbeitgeberfamilien noch erheblich vorsichtiger geworden. Im Dorf hinter dem Jadedeich wacht der Ortsbauernführer Tammo Janssen fleißig über die Einhaltung aller dieser Vorschriften. Während die Bauersfrauen ihre Männer vermissen, fehlt ihm seit Oktober 1941 die Frau im Haus. Seine Heike war schon länger nicht gesund und lag eines Morgens tot neben ihm im Bett. Nun betreibt er seine Landwirtschaft mit seinen beiden Töchtern, die jetzt, im Frühsommer 1943, fünfzehn und dreizehn Jahre alt sind.

Tammo kommt durch seine Parteiaufgabe öfter in die einzelnen Höfe der Ortsgemeinde. So auch in den Thadenhof am Deich. Und hier beobachtet er schon seit Winter erstaunt und voller Bewunderung, wie Loni ihre Arbeit erledigt. Eine vergleichbare ledige junge Frau ist ihm noch auf keinem der Höfe begegnet. Und ein richtig knackiges, appetitliches Weib ist sie auch. Wenngleich er immerhin im laufenden Jahr seinen fünfzigsten

Geburtstag feiern will, und Loni mal gerade einundzwanzig Lenze zählt, reizt gerade das den mächtigsten Mann des Dorfes ganz besonders. So ein junges Ding im Bett und bei der Arbeit auf dem Hof, herrlich!

So erfindet er allerlei Gründe, warum er häufig im Thadenhof auftauchen „muss". Zuerst denkt sich dort niemand etwas Besonderes dabei, aber recht bald fällt zumindest den beiden Frauen auf, wie intensiv er die Nähe Lonis sucht. Die besprechen ihre Beobachtung sofort mit Hinrich am Esstisch. „Und, Loni, könntest du dir vorstellen, Bäuerin Janssen zu werden?" „Eher nehme ich mir das Leben als bei diesem Mistkerl vor Anker zu gehen. Ich habe schon als Kind mit meinem Nazi-Stiefvater genug Schlimmes mitgemacht. Allein schon diese Einstellung hasse ich. Und was soll ich mit einem so alten Esel?" Nach einem ersten Gelächter wird Hinrich nun ernst. „Da muss ich mit dem Kerl mal ein deutliches Wörtchen reden!" „Aber nicht ohne mich!"

Loni will ihm eine deutliche Abfuhr erteilen, und Hinrich ist das nur recht.

Zwei Tage später, am ersten Maisonntag, klappert wieder einmal Tammos Fahrrad in den Hof. Zielsicher marschiert er in den Kälberstall, wo er Loni vermutet. Dort ist die tatsächlich, aber Grete ist auch da. Und mit geradezu überwältigender Freundlichkeit bittet die den eigentlich ungebetenen Gast in die Diele. „Ich mache uns einen Muckefuck, einen Apfelkuchen haben wir fertig. Da kannst du ein bisschen bei uns sitzen." Hocherfreut nimmt Tammo die Einladung an.

Hinrich hat sich bereits zurechtgelegt, wie er Tammo klar zu machen hat, dass er den Gedanken an eine Zukunft mit Loni vergessen kann. Mit einer gewissen Feierlichkeit beginnt er: „Tammo, wie sehen alle drei, dass du dich für Loni interessierst. Das ist bei Lonis Aussehen und Tüchtigkeit zwar zu verstehen, aber das hätte nur Sinn, wenn sie das auch wollte. Und das steht fest, sie will dich nicht." Noch ehe der das Kommandieren gewohnte Ortsbauernführer richtig Atem zu einer heftigen Erwiderung holen kann, klinkt sich Loni in das Gespräch ein: „Wie meine Zukunft aussieht, entscheide allein ich. Ich habe meinen Gerold verloren, ich habe unser Kind nicht austragen können, das ist mir alles ohne mein Zutun passiert. Aber wie es weiter geht, das ist allein meine Sache. Du bist für mich nicht der Richtige. Ich habe eine andere Weltsicht als du, gehöre der Generation deiner Kinder an und werde nach dem Krieg so schnell von hier weg ziehen, wie Grete und Hinrich mich entbehren können. Lass du mich bitte in Ruhe, du wirst allmählich lästig!"

So hat mit diesem Mann noch nie jemand gesprochen, schon gar nicht eine Frau. Aber er muss an den Gesichtern aller drei Gastgeber erkennen, das ist denen bitter ernst, was er da zu hören bekommt. Teller und Tasse bleiben unberührt, empört steht er auf, schwingt sich auf sein Fahrrad und denkt bei sich: „Diese Mistkröte soll nur vorsichtig sein. Wenn ich sie irgendwo, irgendwie bei irgendwas erwische, was ich ihr anhängen kann, dann ist sie fällig. Bin ich Ortsbauernführer oder bin ich das nicht? Warte es nur ab, Weib!" Die drei am Kaffeetisch indessen sind hochzufrieden. Der Abgang Tammos hat gezeigt, der wird so bald nicht wieder auftauchen. Und so wird es dann auch.

Bereits im Frühsommer nach dem Verlust Gerolds und ihres Kindes hat Loni wieder ihre Gewohnheit aufgenommen, bei einigermaßen geeignetem Wetter und in etwa passenden Hochwasserzeiten über den Deich zu gehen und im Seewasser zu baden. Da sie im Bergteich mit Korbinian ohne Anleitung gut schwimmen gelernt hat, wagt sie sich auch etwas weiter hinaus. Hinrich hat ihr die Gefahren ablaufenden Wassers deutlich genug gemacht, um ihr zu riskante Unternehmungen auszureden. Verwundert stellt sie Sommer für Sommer immer wieder fest, sie ist am frühen Abend vor dem Deich mit den fernen Fischkuttern immer allein. So ist ihr auch selbstverständlich, völlig nackt ins Wasser zu gehen und anschließend zum Trocknen auf ihrem Tuch zu liegen.

Nach der klaren Absage an Tammo Janssen wartet sie vorsichtig einige Tage, ob er ihr weiterhin nachstellt. Aber nichts dergleichen geschieht. Also nimmt sie ihre lieb gewordene Gewohnheit wieder auf. Das getrocknete Salzwasser auf der Haut ist ihr noch nie unangenehm geworden. Wenn sie trocken ist, reibt sie sorgfältig die feinen Salzreste vom Körper, schlüpft in ihre Kleidung und geht erfrischt und entspannt zurück zum Hof. Danach ist es auch immer Zeit zum Schlafen. Das Schwimmen schafft angenehme Müdigkeit.

Dann kommt der denkwürdige letzte Sonnabend im Juni 1943. Sie hat sich im Wasser ausgetobt, liegt vor sich hin dösend in der Abendsonne und beschließt gerade, sich jetzt abzureiben und wieder anzukleiden, da kommt mit kurzem Prusten ein Schwimmer direkt neben ihr aus dem Wasser, ebenso wie sie ohne jedes Kleidungsstück am Leib. Er ist kein sehr großer Mann, schwarzhaarig und etwa dreißig Jahre alt. Mit starkem Akzent sagt er: „Guten Abend junge Frau. Keine Angst vor mir, bin wegen Blutgefäßtrennung durch Granatsplitter völlig impotent, tue dir also nichts. Darf ich neben dir sitzen?"

„Ja, warum nicht?" Diese seltsame Einleitung macht Loni sicher und auch ein wenig neugierig. Ihr Tuch ist groß genug, dass er nicht im Sand sitzen muss, wenn sie ein Stückchen zur Seite rückt. Das macht sie auch sofort.

„Dann erzähle mir auch gleich, wer du bist, woher du jetzt kommst und überhaupt nach hier an den Jadebusen. Ich sage dir danach auch das alles von mir. Oder willst du das so nicht?" „Doch, doch. Also gleich los damit. Ich heiße Tymon Musk, stamme aus Polen und bin schwer verwundet in deutsche Kriegsgefangenschaft geraten. Immerhin haben mich eure Stabsärzte wieder zusammengeflickt. Zuerst in Stettin in einem Zelt und dann – warum so weit weg, weiß ich nicht – endgültig hier im Lazarett in Varel.

Kaum ging es mir wieder einigermaßen gut, bin ich hier zum Bauer Spieker an den Deich geschickt worden, und muss oder darf jetzt hier arbeiten. Abends gehe ich, weil Spiekers das zulassen, gerne über den Deich und entlang des Deichs hinter den Salzwiesen entlang bis dahin, wo ich direkt ins Meer kann, wenn Flut ist. Da schwimme ich dann nackt herum. So wie heute, wo ich etwas weiter gekommen bin als sonst."

„Jetzt mal ganz langsam, Tymon." Loni staunt. „Du kommst aus Polen und sprichst fließend deutsch? Wie kommt das denn?" „Ganz einfach. Ich bin Oberschullehrer für Deutsch, Sport und polnische Geschichte. Habe sogar vier Semester in Greifswald studiert, bis das nicht mehr möglich war. Habe in Plock in Masowien unterrichtet, bin auch nicht weit weg davon aufgewachsen. Musste gegen das Land kämpfen, das ich so liebe. Nur seine Politik liebe ich nicht."

„Siehst du, diese Politik hasse ich auch. Mein Stiefvater, SA-Mann, hat in München mich und meine Schwester immer wieder sexuell missbraucht und misshandelt. Erzogen wurde ich dann zum Glück bei Nonnen, meine Lieblingsnonne war sehr gütig und der Kirchenmoral gegenüber sehr ungehorsam. Dann ist mir der erste Mann, den ich geliebt habe, gleich zu Kriegsbeginn gefallen. Der zweite, hier der Sohn meiner Deichbauern, hat mir ein Kind gemacht und ist wenig später – kurz vor unserer Eheschließung – auch im Krieg geblieben. Unser Kind habe ich daraufhin durch eine Fehlgeburt verloren. Wenn der Krieg zu Ende ist, gehe ich zurück in die Tiroler Alpen, wo ich geboren bin." „Da wissen wir jetzt, mit wem wir es zu tun haben. Du weißt sicher, wir müssen vorsichtig sein. Aber ich würde mich schon gern ab und an mit dir hier treffen. Es redet sich so gut mit einem Menschen, der das Elend geschmeckt hat. Oder findest du das nicht so?" „Doch, das tut wirklich gut. Hier kommt sowieso keiner hin. Verabreden wir uns also, mich würde es freuen."

Den Rückweg zu seinen Kleidern legt Tymon dann auf dem Deichsicherungsweg zu Fuß zurück. Dass keiner am Abend vor den Deich kommt, ist auch seine Erfahrung. Die Pflege dieses Schutzwalls geschieht nur in geeigneten Jahreszeiten, wenn landwirtschaftlich wenig Arbeit ansteht. Die Salzwiesen, die in manchen Bereichen das Deichvorland bilden, werden zwar als Jungrinderweiden genutzt, aber auch nur in den Zeiten, in denen die dortigen Pflanzen jung und weich sind. Sonst geht hier kein Mensch über den Deich. Und die Fischer mit ihren Kuttern sind nur in der Mitte der riesigen Bucht unterwegs, weiter landwärts im Watt ist das Wasser auch bei Hochflut nicht tief genug, ausgenommen vor dem Vareler und dem Dangaster Hafen oder in den Fahrrinnen vor Wilhelmshaven. So sind die geplanten Treffen sicherlich ungefährlich.

Als er wieder angekleidet zum Hof der Familie Spieker zurückkehrt, beobachtet der über achzigjährige Senior der Familie mit einer gewissen Heiterkeit den „Hofpolen", wie er ihn freundlich nennt. Er weiß, dass Tymon eigentlich zu viele Freiheiten hat, schätzt den gebildeten Mann aber sowohl als guten Gehilfen seines Sohnes – der Enkel und Hoferbe ist in Frankreich vermisst – als auch als äußerst interessanten Gesprächspartner auf seiner versteckten Lieblingsbank neben dem Zuweg zu den Hofgebäuden. Die Erheiterung des Alten hat ihre Ursache in seinem Wissen von Tymons Badeausflügen, sofern die Flut in den Abendstunden aufläuft. So etwas wäre ihm sein Leben lang nicht eingefallen. Schwimmen lernen hier nur die Fischer. Zu ihrer eigenen Sicherheit.

Weitere fünf Tage lang passt die Tidenzeit zu den Badeplänen des neuen Freundespaares Loni und Tymon. Völlig unbelastet von irgendwelchen erotischen Interessen liegen sie nach gemeinsamem Badegenuss jeweils eng nebeneinander auf Lonis großem Tuch, ein hübsches Bild; wie Adam und Eva auf unzähligen Paradiesdarstellungen unbedeutender wie bedeutender Künstler. Nur ohne Feigenblätter.

Jeweils im Mondphasenabstand wiederholt sich das Ganze wieder für einige Abende, die Witterung im Sommer 1943 macht es möglich, wenn auch die Augustabende leicht verregnet sind. Die Beiden lassen sich dadurch nicht stören. Aber genau das wird ihnen zum Verhängnis. Am 25. August haben sie wieder ein kleines Wettschwimmen veranstaltet. Loni hat ihre und Tymons Kleidung sowie das Tuch unter einem aufgespannten und in den Sand gesteckten alten Regenschirm einigermaßen trocken gehalten. Nun beeilen sie sich, mit dem Tuch genügend trocken zu werden, um sich wieder anzukleiden. Hilfreich reiben sie sich gegenseitig die Rücken ab. Und gerade, als Tymon Lonis Rücken trocknet, kommt, ohne dass beide das bemerken, Tammo Janssen mit zwei unbekannten Männern auf die Deichkrone und zeigt diesen, was da im Augenblick am Wasser stattfindet.

Als Loni zum Thadenhof zurückkehrt, steht vorm Haus ein Personenkraftwagen. Das gibt es da selten. Als sie verwundert durch die Haustür in die Diele kommt, sieht sie Grete und Hinrich mit angststarren Gesichtern am Tisch sitzen. Und sie selbst wird von zwei fremden Männern links und rechts an den Armen gepackt. Der eine sagt in scharfem Ton: „Polenhure, du bist verhaftet!" Und der andere dann etwas freundlicher: „Pack dir ein paar Sachen zusammen, die du in Gefangenschaft brauchen kannst." Dieser geht auch mit in ihre Kammer, überwacht ihr Handeln und dann braust das Auto mit ihr auf der Rückbank vom Hof. Es fährt nicht weit, sondern biegt in den Zuweg zum Spiekerhof ein. Dort sitzt der alte Hannes Spieker noch spät auf seiner Bank. Der Fahrer bleibt im Wagen, der andere schnauzt den Alten an: „Wo ist der Pole?" Tymon, der gerade eingetroffen ist, kommt aus der Haustür und antwortet selbst: „Hier bin ich. Was steht an?" „Du bist verhaftet, du alte Sau!" Der Fremde packt ihn am Oberarm und schiebt ihn neben Loni auf die Rückbank des Autos. Er darf nichts mitnehmen.

Nun geht die Fahrt los, zuerst Richtung Varel, und von dort weiter Richtung Wilhelmshaven. Da es natürlich inzwischen stockdunkel ist, greift Loni behutsam nach Tymons Hand. Seine Nähe erleichtert das Ganze ein Wenig, aber die Unklarheit darüber, was auf sie beide wartet, macht ihr große Angst. Tymon aber weiß genau, was auf ihn wartet. Da Loni und er gemeinsam verhaftet worden sind, muss wohl doch irgendwer ihre Treffen beobachtet und sie nun denunziert haben. Er kennt genügend genug die gesamten heftigen Vorschriften *„für Zivilarbeiter und -arbeiterinnen polnischen Volkstums"* im deutschen Reichsgebiet, um sonnenklar zu wissen, dieses Verfahren wird er nicht überleben,

Seltsam ist, dieses Wissen belastet ihn gar nicht besonders. Wenn es denn so ist, dann ist es so. Mit seiner Verletzung hatte er seine Zukunft als vollwertiger Mann ohnehin abgeschrieben. Umso erstaunter war er dann, dass er sich hat in eine kerngesunde Frau verlieben können, ihr nahe kommen durfte und somit einige köstliche Wochen hat genießen können. Das war's dann eben. Vielleicht ist der endgültige Tod besser zu ertragen als der Tod seiner Manneskraft. Was ihn stark belastet ist die Ungewissheit, was wohl Loni als Bestrafung wird erleiden müssen. Aber das entzieht sich nun völlig seinem Einfluss, er kann ihr nur diese Autofahrt etwas erleichtern.

Es ist reichlich spät geworden. Die beiden Häscher, es sind Polizisten der Gestapo, schaffen Loni und Tymon schnell in karge Zellen und machen sich von dannen. Mehrere Tage lang geschieht nichts. Dann wird zuerst Tymon einem alten Haftrichter vorgeführt. Obwohl er auf seine Operation in Varel verweist und bittet, der Richter möge sich von dort seine Impotenz bestätigen lassen, erreicht er damit nichts. Höflich belehrt ihn der Richter, alleine die „Nähe zu dieser Dirne" in unbekleideten Zustand beider sei ein Tatbestand im Sinne des Verbots einer sonstigen unsittlichen Näherung. Darauf stehe die Todesstrafe. Der Verurteilung dazu bedürfe es gar keiner Gerichtsverhandlung. Damit ist alles aus.

Nach Tymon wird dann Loni zu diesem Richter geführt. Er gibt sich äußerst väterlich. Lässt aber keinen Zweifel daran, dass Loni eines Rassenschande-Verbrechens schuldig zu sprechen ist. Die Zeugenaussagen seien eindeutig. Loni darf zu ihrer Verteidigung sprechen und berichtet vom Verlust ihres Verlobten und der damit verbundenen Fehlgeburt. Mit strenger Miene äußert der Richter dazu: „Man legt sich als gesittete Jungfrau auch erst dann zu einem Mann ins Bett, wenn man mit ihm verheiratet ist. Das bestätigt den Verdacht, dass sie zur Hurerei neigen." Loni bleibt in Haft und muss nun ein Gerichtsverfahren erwarten.

Tymon und ein weiterer sehr junger Pole, der sich eines ähnlichen Vergehens gegen Bestimmungen der Berliner Reichsregierung schuldig gemacht hat, werden – und das ist reichlich makaber – am Samstag vor dem in der Gegend Totensonntag genannten Ewigkeitssonntag vor den Augen zahlreicher Zwangsarbeiter erhängt.

Loni indessen bekommt – erst nach Monaten einer einigermaßen erträglichen Untersuchungshaft – ihr Verfahren im Juli 1944. Sie selbst kommt dabei gar nicht zu Wort. Die ganze Verhandlung dauert keine zehn Minuten lang. Nach einem kurzen Vortrag der Anklage durch einen zackig auftretenden jungen Staatsanwalt in schwarzer Uniform verliest der Richter mit müder Stimme sofort das Urteil: „Die deutsche Landarbeiterin Appolonia Sailer, geboren am 28. April 1922 in Berg in Tirol, wird wegen rassenschänderischer Kontakte zu einem polnischen Volksfeind zu drei Jahren Straflager verurteilt. Die Untersuchungshaft darf auf diese Strafe nicht angerechnet werden. Die Vollstreckungsbehörden haben ein geeignetes Lager zu wählen und diese

Polenhure alsbald dorthin zu überstellen." Loni ist entsetzt. Sie kennt die Bedeutung dieses Urteils kaum, merkt aber schon am Ton des Richters, das bedeutet Böses.

Joachim

Danach vergehen nur wenige Tage, dann wird Loni von zwei Uniformierten aus ihrer Zelle geholt und in einem hinten verdunkelten Personenwagen zusammen mit einer zweiten, sogar noch jüngeren Frau an den Hauptbahnhof in Bremen gebracht. Unterhalten dürfen sie sich nicht. In Bremen bringen die beiden sie dann sofort auf einen Bahnsteig, an dem entlang ein nicht sehr langer Güterzug mit einer relativ kleinen Lokomotive davor abgestellt ist. Auf dem Bahnsteig laufen mehrere Patrouillenpolizisten langsam hin und her, Maschinenpistolen schussbereit im Anschlag. Einer der Polizisten, der einzige ohne gezückte Waffe, nickt den Begleitern der beiden jungen Frauen zu und schiebt das breite Tor des hintersten Viehwagens um einen Spalt auf. Loni und die zweite Frau werden in den Wagen gestoßen und krachend schließt sich das Schiebetor wieder.

Im Halbdunkel erkennt Loni, dass da schon etwa dreißig Frauen im Wagen sind. Noch ehe sie schauen kann, wie und wo sie einen Platz findet, gibt es einen kurzen Pfiff der Lokomotive und sofort einen heftigen Ruck. Der Zug fährt an, die mit Loni gekommene junge Frau fällt der Länge nach hin und zweien der auf dem Boden hockenden Frauen über die Beine, Loni selbst kann sich gerade noch an einem rostigen Bügel neben dem Schiebetor einigermaßen aufrecht halten. Ohne zu klagen oder zu schelten verhelfen nun die der Tür zunächst sitzenden Frauen Lonis Begleiterin zu einem Sitzplatz. Sie selbst bewegt sich an der Außenwand entlang bis zur Rückwand des Wagens und setzt sich dort auch.

Direkt neben ihr sitzt eine Frau von etwa fünfzig Jahren, soweit sie das erkennen kann. Die spricht sie sofort an: „Seid ihr beide etwa Jüdinnen?" „Nein." Loni weiß nicht so recht, wie sie reagieren soll. „Also seid auch ihr Roma wie die meisten von uns." „Nein, auch das nicht. Ich jedenfalls bin ursprünglich aus Österreich, war im Norden in einem Heim, dann Pflichtjahrmädchen und schließlich Dienstmagd auf einem Bauernhof. Und woher kommst Du?" „Ich komme aus Delmenhorst. Meine von Roma abstammende Mutter hatte dort mit Vater ein Schuhgeschäft, das ich mit meinem Bruder und seiner Frau gemeinsam übernommen habe. Ich war nur sehr kurz verheiratet, mein Mann ist verstorben, bevor wir Kinder hatten. Mein Bruder ist schon vor Monaten verhaftet worden, angeblich wegen Steuerbetrug. Hat er nie gemacht. Mich haben sie jetzt sogar mit der Begründung verhaftet, ich stamme von einem ‚unwerten Volk‘ ab. Das ist schamlos und gemein!"

Beiden fällt jetzt trotz der schlechten Lichtverhältnisse auf, dass die meisten Frauen wie die Delmenhorsterin schwarze oder zumindest braune Haare tragen und nur weitere drei davon blonde wie Loni. „Weil wir nun Leidensgenossinnen sind, sag mir, wie du heißt. Ich heiße Edith Theiß." „Ich bin die Loni Sailer, eigentlich Appolonia, aber das sagt kein Mensch zu mir." „Wo du so schön arisch bist, musst du doch irgendwas ausgefressen haben. Warum kommst du in ein Arbeitslager?" „Richtig. Ich bin wegen angeblicher

Rassenschande zu Straflagerhaft verurteilt worden. Dabei war das alles harmlos, wir hatten nichts miteinander. Ein polnischer Zwangsarbeiter und ich haben uns nur immer mal zum Schwimmen am und im Meerwasser getroffen.

Tymon konnte mich gar nicht schänden, er war durch eine Kriegsverletzung rettungslos impotent. Dass das so heißt, habe ich erst von ihm gelernt. Er war in Polen Deutschlehrer gewesen. Wir haben halt nackt gebadet, sind miteinander geschwommen und haben dann nebeneinander zum Trocknen gelegen. Vor den Deich hat sich abends nie jemand verirrt, wir waren stets allein. Dachten wir. Aber der Obernazi des Dorfes, der was von mir wollte – sogar scharf drauf war, mich zu heiraten – hat mir nachspioniert, uns dann mit Zeugen beobachtet und schließlich verpfiffen. Und du erklär mir jetzt bitte, was das heißt, dass du eine ‚Roma' bist."

Edith seufzte. „Du kennst uns sicherlich eher unter der Bezeichnung ‚Zigeuner'. Wir sind zwei miteinander verflochtene Volksgruppen, die ‚Sinti' und die ‚Roma'.

Unsere Herkunft weiß so recht keiner mehr zu erklären, aber als Wanderfamilien sind unsere Vorfahren vom Südosten Europas weiter nordwestlich gewandert. Man meint sogar, unser Ursprung sei in Asien irgendwo. Wir haben noch immer eine eigene Sprache, die heißt ‚Romani'. Unsere Mutter hat uns die auch beigebracht. Wohin die Nazis vor zwei Jahren meinen Bruder verschleppt haben, weiß ich nicht. Meine Heirat mit Erich Theiß hat mich wohl vorerst unauffindbar gemacht. Nun aber ist mein Untermieter gefallen. Bei der Benachrichtigung an seine Frau ist die Militärpolizei irgendwie hinter meine Herkunft gekommen. Jetzt ist es ein Riesenglück, dass ich kinderlos bin. Aber nach Nazi-Lesart gehöre ich zu einer volksfremden nichtarischen Rasse. Du also kommst ursprünglich aus Österreich? Was hat dich denn an die Nordsee gebracht?"

Loni erzählt nun sehr ausführlich ihr ganzes bisheriges Leben. So nehmen die beiden Frauen weniger wahr, wie eklig die ganze Transportsituation für alle Frauen in diesem Viehwagen ist. Alle müssen irgendwie auf dem

Boden hocken, einige versuchen das zu vermeiden, indem sie an den Wänden stehend irgendwie Halt gesucht und gefunden haben. In der rechten vorderen Ecke des Wagens ist ein Eimer mit Deckel zu sehen. Einige Frauen haben sich diesen genauer angeschaut, und so wissen jetzt alle, dass dieses eine Toilette ist. Der Eimer hat im Boden eine tellergroße Öffnung, mit der er auf eine gleich große im Wagenboden montiert ist. Einfach fest geschraubt. Immerhin bleibt so nicht viel im Wagen, wenn es auch trotzdem eine reichlich unhygienische Lösung ist.

Allmählich ist die sichtlich Jüngste im Wagen, die mit Loni von Wilhelmshaven nach Bremen eskortiert wurde, zu ihr und Edith herbei gekrochen und sitzt nun neben Loni. „Ich habe alles mitgehört, was ihr berichtet habt. Ich bin dann die Einzige von uns drei, die aus einem Grund ins Arbeitslager muss, der wirklich ein Verstoß gegen die irren Regeln unseres Staates ist. Ich bin tatsächlich eine Polenhure, wie der Richter mich nannte. Aber ich hasse diese Vorschriften. Ich habe einen Mann geliebt, der genauso gut ein Deutscher hätte sein können. Er war blond, hatte wunderbare blaue Augen, ein zartes Gemüt und bei seiner Bauernfamilie den Ruf, ein fleißiger Arbeiter zu sein. Stanko Kowalczyk war sehr jung und lebt nun wohl nicht mehr. Die auswärtigen Kriegsgefangenen, die was mit deutschen Frauen haben, werden ja mit dem Tod bestraft, und wir also mit Arbeitslager. Welch ein Irrsinn!"

Edith und Loni sind beide erstaunt über die reife Sicht dieses jungen Menschenkindes. Edith fragt: „Wie heißt denn du nun? Und wie alt bist du?" „Ich heiße Elisabeth Sommer und bin siebzehn Jahre alt. Alle nennen mich Liesbeth." „Wissen deine Eltern, was es mit dir gegeben hat?" „Wenn ich das wüsste! Die leben bei Oldenburg." Nun fängt Liesbeth an zu weinen. Loni nimmt sie, so gut das auf den harten Brettern geht, in den Arm. „Du hast ja jetzt uns, wir sitzen alle im selben elendigen Boot." Wie ein kleines Kind hat sich das Mädchen plötzlich in Schlaf geweint. Also schweigen Edith und Loni jetzt. Und Edith schläft bald auch. Loni grübelt, wohin sie dieser Güterwagen wohl bringen wird.

Der erste Halt des Zuges hilft ihr da auch nicht viel weiter. Durch einen Spalt in der Außenwand kann sie zwar deutlich erkennen, dass die offensichtlichen Rangiertätigkeiten neben einer Art Turm mit der Aufschrift „Stellwerk 2 HBf Hannover" ablaufen, aber außer der Tatsache, dass ihr Viehwagen im neu zusammengestellten Zug nicht mehr ganz am Ende hängt, kann sie nichts Hilfreiches entdecken. Nach ziemlich langer Pause setzt sich dann der neue Zug in Bewegung. Sie sind nun schon ziemlich lange unterwegs, haben aber bisher weder etwas zu essen noch zu trinken bekommen. Das macht auch Loni müde, so schläft auch sie ein. Fast alle Frauen im Wagen schlafen, obwohl es draußen noch lange heller Tag sein wird. Alle sind erschöpft.

Plötzlich hält der Zug mit gewaltigem Gequietsche. Nach einigen Minuten öffnet sich die Schiebetür um einen Spalt, der gerade breit genug ist, mehrere von barmherzigen Händen herein gereichte Krüge mit Wasser hindurch zu lassen. Die Frauen lassen diese Krüge umher gehen und stillen so, soweit möglich, ihren Durst. Die leeren Krüge wandern wieder hinaus, und dann kommen zwei ziemlich ramponierte Körbe. Eine ruhige Frauenstimme ruft: „Damit ihr wenigstens ein bisschen zu essen habt. Diese Körbe von uns Stendaler Frauen könnt ihr mitnehmen." Es ist nur in Scheiben geschnittenes trockenes Brot, aber doch für die Frauen im Wagen eine Hilfe. Und Wasser gibt's noch einmal.

Was die Insassen des Zuges nicht erfahren: der alte Bahnhofsvorsteher von Stendal hat schon am Tag zuvor einen Gefangenentransportzug angekündigt bekommen, der dort sowohl Kesselwasser als auch Kohle nachfassen solle. Es war den Organisatoren sichtlich bekannt, dass dies der bestbevorratete Bahnhof an dieser alten Strecke nach Berlin sei, an der sogenannten „Lehrter Bahn". Als er das seiner Frau abends erzählte, trommelte die alle ihre Freundinnen aus der Reichfrauenschaft zusammen, um diese transportierten

Menschen wenigstens notdürftig zu versorgen. Selbst die sechs Zugwachen der SS bewahren darüber Schweigen, die netten Stendaler Frauen haben ihnen belegte Schnitten und Bier gereicht, als eine Art Schweigegeld.

Edith, die eine gewisse Kenntnis von der norddeutschen Landkarte hat, kann sich nun vorstellen, wohin die Reise wohl geht. Dieser Zug fährt in Richtung der Reichshauptstadt Berlin. Aber was dann? Sie kann sich nicht so recht ausmalen, was das genau bedeuten kann. Ganz anders eine andere der Romafrauen. Als der Zug wieder in Bewegung ist, stellt sie sich mit dem Rücken zur Vorderwand, bittet alle lautstark um Gehör und sagt dann: „Leute, jetzt wissen wir, wohin das geht. Wir werden sicherlich irgendwie durch Berlin nach Oranienburg, genauer: in das große Konzentrationslager Sachsenhausen gebracht. Mein Mann hat dort Wachdienste geschoben, als noch niemand wusste, dass seine Frau eine echte Roma ist. Er hat berichtet, wie es da zugeht. Dort wird zwar hart von den

Gefangenen gearbeitet, aber nur wenige sind getötet oder zur Vernichtung weiter gebracht worden. Vielleicht ist das eine kleine Chance fürs Überleben. Also, Kopf hoch, nicht verzweifeln. Hoffen, hoffen, hoffen..."

Etwa zur gleichen Zeit hat der Leiter des KZ Sachsenhausen, SS-Obersturmbannführer Anton Kaindl, sowohl den Führer der Arbeitseinsatzabteilung, den SS-Obersturmführer August Kolb, als auch den Führer der großen Sanitätsabteilung des Lagers, den ersten Lagerarzt Dr. Heinz Baumkötter, gemeinsam mit dem Standortfrauenarzt Dr. Joachim von Heuwitz in sein Büro rufen lassen. Er hat eine fast schon erledigte höchstpersönliche Anordnung des Reichsführers SS, Heinrich Himmler, zu Ende zu organisieren. „Meine Herren, das neu angebaute Gebäude neben der Pathologie ist nun bezugsfertig. Es sind eine ganze Reihe ordentlicher Räume geeignet ausgestattet, so können nun ab erstem August vorerst sechs Lagerhuren dort arbeiten. Der Reichsführer ordnet an, dass fleißige Mitarbeiter und auch reichsdeutsche Häftlinge der ersten

Kategorie für ihren Arbeitseinsatz belohnt und im Bonussystem zu noch mehr Einsatz angeregt werden, indem ihnen die Frauen in diesem Lagerbordell für jeweils eine Viertelstunde zur Verfügung stehen. Genügend Kondome sind uns geliefert worden und sollen auch regelmäßig nachkommen.

Bisher gab es in unserem KZ keine geeigneten Frauen, denn in den Frauenbaracken sind bekanntlich weit über 10.000 Frauen undeutscher Rassen interniert. Der Reichführer besteht aber darauf, dass ausschließlich reichsdeutsche weibliche Gefangene der Prostitution nachgehen dürfen. Natürlich werden dazu lediglich asoziale Elemente eingesetzt. Etwa widerspenstige Berufsprostituierte und natürlich die Ausländerhuren, die in flagranti gefasst werden konnten. Ausgerechnet die alle, mehr als 2.000, sind in den Außenlagern. Nun erwarten wir heute Nacht einen Transport mit erneut vielen Frauen unwerter Völkerzugehörigkeit, die natürlich wieder in eines unserer Außenlager kommen werden. Aber – und damit können wir unser Bordell pünktlich in

Betrieb nehmen – auch sechs Asoziale sind dabei, die wir hier behalten und dort arbeiten lassen werden.

Die werden zuerst in die Sanitätsabteilung gebracht. Heuwitz, sie sind mir persönlich dafür verantwortlich, dass alle gründlich untersucht und als geeignet eingeschätzt werden." Der Arzt nickt, salutiert und fragt: „Kann ich nun ins Krankenrevier zurück. Da wartet eine Menge Arbeit. Und bevor die Frauen kommen, brauche ich auch erst einmal einige Schlucke Schlaf." Wortlos winkt ihn Kaindl aus dem Raum. Kolb, der bis vor Kurzem Kaindls Adjudant war und dadurch mit ihm recht vertraut ist, fragt nun grinsend: „Und wer reitet die Weiber ein?" „Das ist mir gleichgültig, machen sie's meinetwegen selbst." Kaindl kennt seine Pappenheimer!

Es geschieht dann genau so, wie es die wissende Romafrau vorausgesagt hat. Die beiden Güterwagen des im Bahnhof Hannover neu zusammengestellten Frauentransportes landen am späten Abend tatsächlich in Oranienburg an einem Güterschuppen. Mit einer Lastwagenladung nach der anderen werden die Frauen die ganze Nacht hindurch zuerst zur Lageraufnahme gebracht. Die drei SS-Leute, ein Untersturmführer und zwei untere Dienstgrade, führen anhand der vorliegenden Listen eine Kontrolle durch, ob alle Angemeldeten auch tatsächlich gekommen sind. Sie sind reichlich unwirsch. Wer arbeitet schon gerne außerplanmäßig in der Nacht? Danach geht's weiter in die vorgesehenen Baracken in den Außenstellen.

Aussortiert werden Loni, die drei anderen Blondinen, die Liesbeth mit ihren braunen Haaren und eine Schwarzhaarige, die ihrer Aussage nach direkt aus

Bremen kommt. Alle sechs bekommen mit dem „Schwarzen Winkel" markierte Anstaltskleider. Das unterscheidet sie für jeden ersichtlich von den „fremdrassigen" Häftlingen. Sie werden nun gemeinsam im Morgengrauen ins Krankenrevier gebracht. Nach einiger Wartezeit, in der ihnen immerhin ein schlichtes Frühstück angeboten wird, kommt eine ältere Krankenschwester in den Raum. Sie kontrolliert zuerst trotz der sichtbaren schwarzen Winkel anhand einer Liste, ob das wirklich die zugeteilten Frauen sind. Dann nimmt sie die erste mit. So etwa im Zwanzigminutentakt wird eine nach der anderen geholt. Da Liesbeth die erste ist, erfährt Loni nun doch noch Einiges über die anderen vier. Die Schwarzhaarige ist Berufsprostituierte, hat in Bremen in der Helenenstraße angeschafft und wurde bestraft, weil sie sich Anordnungen der Polizei widersetzt hat. Fast ebenso das „Verbrechen" einer der Blonden. Die beiden anderen hatten sich geweigert, in den Arbeitsdienst zu gehen, die eine, weil sie bei ihren alten Großeltern als Pflegerin bleiben wollte, die andere aus religiösen Gründen. Sie gehört einer Freikirche an, von der Loni noch nie gehört hat. Die ist dann recht erstaunt, dass sie erst als letzte geholt wird. Es geht in ein recht gut ausgestattetes und sauberes Arztzimmer.

Inzwischen hat der Frauenarzt Dr. Joachim von Heuwitz knapp zwei Stunden eine Aufgabe erfüllen müssen, die ihm ausgesprochen unangenehm ist. Als jüngster Sohn einer hinterpommerschen Gutsbesitzersfamilie hat er Medizin studieren können. Von zu Hause aus ist ihm Höflichkeit und Anstand selbstverständlich. So siezt er die Frauen alle. Und der Schutz der Persönlichkeit seiner Patientinnen liegt ihm insgesamt stets am Herzen. Manche gefangene Person hat ihm echte Hilfe zu verdanken. Er ist aber auch vom Personal, den Kollegen und den Männern in Leitungsfunktionen geachtet.

Nun aber muss er junge Frauen kurz gynäkologisch untersuchen und ihnen dann mitteilen, dass und wie, nur mit Kondomen geschützt, sie nun ab sofort als Lagerprostituierte arbeiten müssen. Die nehmen diese Nachricht äußerst unterschiedlich auf. Die beiden Berufsprostituierten verziehen keine Miene, freuen sich aber insgeheim, dass sie hier nun in etwa das Gleiche arbeiten können wie bisher. Liesbeth und die junge Frau, die ihre Großeltern pflegen wollte, werden beide bleich wie ein Bettlaken. Sie wissen, dass sie sich nicht wehren können, ekeln sich aber sehr vor dieser ihnen zugewiesenen Aufgabe. Die intensiv religiös bestimmte junge Frau bricht in verzweifelte Tränen aus. Zitternd schlüpft sie wieder in ihre Kleidung und schleicht mit dem SS-Mann, der sie abholt, in das neue Gebäude. Und nun kommt diese kerngesund wirkende blonde Schönheit ins Untersuchungszimmer. Dem Arzt passiert etwas, womit er nie gerechnet hätte. Während Loni sich ruhig und gefasst völlig entkleidet, sie hat ja kein Problem mit Nacktheit, verliebt sich Joachim von Ehwitz spontan in diese junge Frau, die er mit der anstehenden Untersuchung der Zwangsprostitution zuführen soll.

Die Untersuchung ist schnell erledigt. Das ist tatsächlich die gesündeste von allen diesen jungen Frauen. Nun also muss Joachim ihr erklären, was auf sie wartet. Als er ihr mühselig ihre Zukunft beschrieben hat, schaut sie im offen ins Gesicht. „Mich kann, was sexuellen Missbrauch meines Körpers angeht, fast nichts mehr erschüttern. Wenn es denn sein muss, werde ich auch das überstehen. Natürlich nicht mit Begeisterung, aber mit Gelassenheit. Ich lasse mich doch nicht kaputt machen!" Ihre blauen Augen blitzen kampfgewohnt, und Joachim verfällt dieser jungen Frau noch mehr.

Die Arbeitsregelung für die Frauen im Bordell sieht vor, dass sie nachmittags mit nicht zu schweren Tätigkeiten – Reinigungsarbeiten und vielleicht Pflege der Pflanzen an der Lagermauer – beschäftigt werden sollen und sofort nach dem Lagerappell ihrer eigentlichen Sexarbeit nachzugehen haben. Jeder, der zu ihnen kommen darf, bekommt eine Viertelstunde zugebilligt. Und ab 22 Uhr ist Schluss damit. Der Arbeitseinsatzführer August Kolb informiert, nachdem sie untersucht sind, alle sechs Frauen gemeinsam über diese klaren Regelungen. Dann verteilt er sie einzeln in ihre Arbeitskammern im Anbau neben der Pathologie. Als Letzte die Schwierigste, die weinende junge extrem Gläubige. Er herrscht sie an:

„Zieh dich aus!", wartet aber gar nicht ab, bis sie fertig ist, sondern zeigt ihr den Kondomgebrauch, drückt sie auf das Bett und vergewaltigt sie. „So, jetzt weißt du, was du zu tun hast. Und wehe, du leistest Widerstand, darauf steht der Tod." Ob das stimmt oder nicht, weiß er selbst nicht, aber bei dieser „Trine" muss er ordentlich drohen, meint er. Bis zum Abend hat er auch den beiden anderen ganz jungen „gezeigt, was sie zu tun haben", die Professionellen wissen das ja.

An Loni vergreift er sich seltsamer Weise nicht. Der Doktor hat mit ihm nämlich verabredet, dass diese von ihm „angeleitet" werden wird. Kolb will es sich mit Joachim von Heuwitz nicht verderben, er braucht den Arzt ab und an für seine Gefangenen, die er nicht gerade zimperlich zu behandeln pflegt. So wird Loni, die sich bereits in ihr Schicksal ergeben hat und am Nachmittag des ersten August ihren ersten „Gast" erwartet, damit überrascht, dass sich die Tür ihres Arbeitsraums öffnet und der Arzt vor ihr steht. Sofort begreift sie, dass sich hier eine einmalige Möglichkeit auftut, vielleicht eine Art

Sonderbehandlung zu erreichen. Also ist sie gleich bemüht, ebenso artig mit ihm zu reden, wie er mit ihr. Und sie lässt ihm auch alle Zeit der Welt, die ganze Sache so zu gestalten, wie er das will.

An diesem ersten Tag sind ohnehin noch nicht viele Gäste angemeldet, so konnte Joachim einrichten, dass an diesem Abend nur er Loni zu Verfügung hat. Sie tut alles, was er möchte, und als er dann entspannt und zufrieden neben ihr liegt, beginnt er plötzlich zu fragen. „Wie kommt es, dass eine junge Frau wie du in einem Konzentrationslager landet?" Loni erzählt nun recht ausführlich ihre gesamte Lebensgeschichte, verschweigt auch nicht den Missbrauch durch ihren Stiefvater Otto. Schlimmes wie das, was sie berichtet, möchte Joachim ihr nicht zumuten, er will sogar den Versuch angehen, sie zufrieden oder gar glücklich erleben zu können. Damit steht sein Entschluss fest, dass er mit dem Lagerleiter verhandeln und Loni zu seiner „Privathure" umfunktionieren muss. Entspannt schläft er bei ihr ein.

Als Loni am nächsten Morgen recht früh erwacht, ist sie erstaunt, dass Joachim noch immer da ist. Nicht lange danach wird auch er wach – und erneut leidenschaftlich. Loni hat nichts dagegen, er ist der, der hier das Handeln bestimmt. Als sie dann aufgestanden und angekleidet sind, merkt der Arzt anhand seiner alten Taschenuhr, dass es nun Zeit für ihn ist, mit seiner Arbeit im Krankenbau zu beginnen. „Du gehst einfach mit und machst dich daran, die Untersuchungsräume zu reinigen. Eigentlich wärst du erst am Nachmittag dran, dort zu arbeiten, aber wir werden dem Kolb schon zeigen, das er was davon hat, wenn er dich mir alleine überlässt". Loni begreift, dass ihre Chancen steigen.

Joachim beginnt nun wie die meisten anderen Ärzte seinen Pflichten nachzugehen. Seine Hauptaufgaben: etwaige unerwünschte Schwangerschaften infolge von Vergewaltigungen durch Bedienstete abzubrechen, auch die angeschlagenen weiblichen Gefangenen arbeitsfähig zu halten und den zahlreichen nichtdeutschen ihm unterstellten Ärzten im Krankenbau wie auch in der Pathologie energisch auf die Finger zu schauen.

Erst zur Mittagszeit bekommen er und Loni etwas zu essen, das ist ihnen beiden aber gleichgültig. Loni hat sehr schnell begriffen, welche Reinigungsarbeiten im medizinischen Lagerbereich notwendig sind. Ihr macht Freude, dass ausgerechnet Liesbeth nach dem Essen aus dem Bordellbau herüber geschickt wird, ihr bei ihrer Arbeit zu helfen. Die weiß natürlich nichts von Lonis Privilegien und erzählt frisch drauf los, wie die Sache mit ihren ersten vier Besuchern abgelaufen ist. „Weißt du was, Loni? Ich merke, dass ich mich ganz schnell dran gewöhne, kalt und unbeteiligt diese Kerle abzufertigen. Dass ich dann nur halbtags andere Arbeit machen muss und sogar hier putzen darf, ist gar nicht so übel. Ich denke, ich werde klar kommen. Nur Eines macht mit Gedanken: was gibt's, wenn ich doch schwanger werde?" Loni hat das bereits begriffen. „Das regeln hier die Ärzte. Ob das gut ist, kann ich nicht beurteilen, aber ich denke, das ist wenigstens das kleinere Übel."

Auf Liesbeths Frage „Und wie kommst du als Prostituierte klar?" antwortet Loni kurz – eigentlich ja wahrheitsgemäß – „Auch ganz gut." „Leid tut mir die Clara. In ihrer frommen Welt ist dieses Leben hier ja wie ein Bombeneinschlag. Erstaunlich ist, heute früh war sie nicht mehr so bedrückt, und ganz entspannt ist sie mit den anderen Dreien zu ihrer Arbeit, Büros Putzen, aufgebrochen. Ach, eine Sache muss ich dir noch erzählen. Als ich meinen dritten ‚Besucher' gegen den letzten getauscht habe, fiel mir der Obersturmführer Kolb auf, der ja unser Vorgesetzter ist. Der stand an Claras Tür und spähte durch ein Loch in ihren Arbeitsraum. Der Stinksack beobachtet uns und unsere Besucher, alle sechs Türen haben dieses Guckloch."

Als Loni sich eine kurze Gelegenheit bietet mit Joachim alleine zu sprechen, erzählt sie ihm von Liesbeths Beobachtung. „Verdammt! Das alte Ferkel spielt also den Voyeur. Den will ich nun schon gar nicht als Zuschauer haben, wenn wir beide zusammen sind. Heute Nachmittag bleibst du nach dem Appell einfach hier. Meine kleine Wohnung – nur ich bleibe auch über Nacht im Krankenbau – zeige ich dir gleich. Mein Bett ist nicht ganz so breit wie das Bordellbett, aber uns beiden wird es genügen." Er führt Loni dann zu seinem bescheidenen Privatbereich und bittet sie, nun auch hier zu putzen. Damit erfüllt sie ja ihre Zusatzaufgabe korrekt und kann am Nachmittag einfach dableiben.

Joachim erwirtschaftet sich noch an diesem Tag freie Zeit genug, um beim Leiter des Konzentrationslagers, dem Obersturmbannführer Anton Kaindl, noch einmal in Sachen Lagerbordell vorzusprechen. Ohne Umschweife bittet er ihn, ihm die Gefangene Appolonia Sailer als Privathure zur Verfügung zu stellen. „Sie wissen als Lagerleiter ja ganz genau, dass meine Aufgabe hier für einen Arzt keine einfache ist. Mit einer ständig verfügbaren und durchaus begabten Prostituierten wäre meine Tätigkeit erheblich entspannter durchführbar, zumal die Sailer auch eine penible Reinigungskraft für den Sanitätsbereich darstellt." Kaindl schätzt seinen Frauenarzt. Fachlich gute und anpassungsfähige

Lagerärzte sind selten, Ärzte sind fast ausschließlich im Fronteinsatz. So ist er ohne zu zögern einverstanden.

„Diese Zustimmung fällt mir heute auch deshalb nicht schwer, weil wir mit einer frisch eingelieferten Berliner asozialen Professionellen, die einen Militärpolizisten tätlich angegriffen hat, nun direkt wieder eine Trägerin des schwarzen Winkels in das sechste Arbeitszimmer unseres Lagerbordells legen können. Mit der hätten Kolb und ich ohnehin nichts Rechtes anfangen können." Die Folge dieser Unterredung ist, dass Joachim und Loni ab sofort ein regelrechtes Zusammenleben beginnen. Der Arzt ist richtig verliebt, Loni dagegen sieht das Ganze als äußerst zweckmäßig an, also ist sie damit zufrieden.

Der vierzigjährige Arzt und die zweiundzwanzigjährige Loni sind offiziell also nur ein sexueller Nutznießer mit außergewöhnlichen Privilegien und sein besonderes Lustobjekt. Ausschließlich ihm verfügbar auf Anordnung der Leitung des Straflagers. Loni aber sorgt durch ihren Umgang mit diesem Mann und seinem praktischen Umfeld dafür, dass sie fast wie Eheleute miteinander leben. Recht bald arbeitet sie sich auch in die medizinischen Unterlagen Joachims ein, dessen fast unleserliche Notizen sie jeweils am kommenden Vormittag säuberlich in entsprechende schmale Akten überträgt. Er genießt die Ordnung, und sie gewinnt ein deutliches Bild von seiner Tätigkeit. Das ist zugleich auch ein Bild seiner Persönlichkeit.

Ihr, deren Urteil ja durch allerlei Erfahrungen geprägt ist, wird allmählich – auch durch die ärztlichen Notizen – immer klarer, welch ein gespaltener Mensch Joachim ist. Einerseits der wohlerzogene höfliche Gesellschafter, zärtliche Liebhaber und recht kultivierte Akademiker. Andererseits der KZ-Arzt, der als beängstigend braver Befehlsempfänger alle Schandtaten erledigt, die das Regime von ihm verlangt, die aber seinem ärztlichen „Eid des Hippokrates", der über seinem Schreibtisch hängt, zumeist eher widersprechen. Mit beängstigender Kaltschnäuzigkeit treibt er bei den gefangenen Frauen die Ergebnisse von Vergewaltigungen ab. Die durch das Personal wie auch durch männliche Mithäftlinge. Oder, wenn sie versehentlich anfallen, Schwangerschaften aus der organisierten Prostitution. Die Schwangeren werden alle nicht gefragt, ob ihnen das recht ist.

Aufmüpfige weibliche Gefangene, gleichgültig ob Juden, Sinti und Roma oder Internierte aus feindlichen Ländern, stellt er medikamentös ruhig. Und manches Andere, was Loni notiert, kann sie zwar nicht zuordnen, klingt aber auch nicht gerade menschenfreundlich. Hier wirkt sich sicherlich die strenge Erziehung im Gutshof, die ihn zu einem guten adeligen Junker machen wollte, eher negativ aus, die andererseits auch der Grund für sein korrektes Benehmen und seinen Umgang mit ihr ist. Sie sieht er seltsamer Weise nicht als Straftäterin.

Es sind nun schon Monate ins Land gegangen, ein leichter Frost und eine ganz dünne Schneedecke liegen zum Jahreswechsel über dem Land. Hitler tut noch immer so, als werde noch alles zum guten Ende kommen. Er hat einen „Neujahrsaufruf" über den Rundfunk an das deutsche Volk gerichtet. Darin hat er das „Versagen der europäischen Verbündeten" für alle die „schweren Rückschläge" der letzten beiden Jahre verantwortlich gemacht. Das Jahr 1944 sei „das Jahr der schwersten Belastungen in diesem gewaltigen Ringen" gewesen. Weiter sagt Hitler: „Es war das Jahr, in dem aber auch einmalig bewiesen wurde, dass die bürgerliche Gesellschaftsordnung nicht mehr in der Lage ist, den Stürmen der heutigen oder gar der kommenden Zeit zu trotzen." Das Jahr 1945 werde „zugleich das Jahr einer geschichtlichen Wende sein", versichert er in einem Tagesbefehl an die Wehrmacht.

Joachim hat an Neujahr genügend Zeit, diesen Hitler-Neujahrsaufruf an seinem Volksempfänger zu hören, zusammen mit Loni, mit der er die Abendmahlzeit einnimmt. Diese herbe Kritik an der „bürgerlichen Gesellschaftsordnung" trifft ihn zutiefst. „Also sind wir gutbürgerlichen Helfer dieses Mannes die Schuldigen dafür, dass er gerade damit beschäftigt ist, den Krieg gegen die Wand zu fahren? Und dem habe ich treu gedient?" Loni ist erstaunt. Erstmals wagt sie nun den Hinweis auf ihre Kritik an Hitlers völkischen Prinzipien.

Daraufhin die nächste Überraschung. „Ich habe hier durch diese teilweise doch erstaunlich angenehmen Gefangenen aus sogenannten ‚anderen Rassen' bereits einige Zweifel an Hitlers Rassenlehre bekommen. Aber das jetzt geht doch zu weit. Nur schade, dass ich zur Erhaltung unseres Schutzes den Mund halten muss. Vielleicht kann ich der Einen oder dem Anderen wenigstens mehr helfen als bisher." Loni ist sprachlos.

Als sie schließlich zu Bett gehen, lässt sie sich erheblich entspannter auf ihn ein als sonst. Verliebt ist sie noch immer nicht, hat aber mehr Achtung vor seiner Einstellung gewonnen. Er spürt auch ihre Weichheit und bessere Zuwendung. Das macht ihn glücklich.

Durch den sowohl vorschriftsmäßigen als auch für beide als Schutz sinnvollen regelmäßigen Kondomgebrauch ist in Loni eine ganz klare Lebensplanung entstanden. Wenn ihre drei Jahre Lagerhaft vorüber sind, wird sie versuchen, so schnell als möglich in ihre südliche Heimat zurückzukehren. Dort möchte sie alles bisher Erlebte hinter sich lassen und ganz neu zu leben beginnen. Vielleicht findet sich dann auch ein Mann fürs Leben. Auch, wenn es nur eine Nutzehe werden müsse, wäre ihr das recht. Hier hat sie die allerbeste Vorübung für eine solche. Aber genau in dieser Nacht nach dem Hitlerschen Neujahrsapell passiert, vielleicht infolge des etwas anderen Umganges miteinander, was keinesfalls hätte passieren sollen. Das Kondom reißt.

Nun muss das ja nicht gleich zum Problem werden. Sowohl Loni selbst als auch Joachim nehmen es erst einmal mit Humor und ziemlich auf die leichte Schulter. Wenige Wochen später jedoch ist klar, dieser kleine Unfall hat große Folgen. Loni ist eindeutig schwanger. Nicht eindeutig ist zuerst, wie die beiden damit umgehen wollen. Joachim schlägt sofort eine Abtreibung vor, dies aber nicht, weil er das so will, sondern um Loni damit zu schützen. Loni aber erlebt eine seltsame Gedanken- und Gefühlsregung, mit der sie nie gerechnet hätte. Die Erinnerung an die Fehlgeburt hinterm Jadedeich wird plötzlich überstark. Nein, noch einmal will sie ihr werdendes Kind nicht wieder verlieren, egal, welche

Probleme dadurch entstehen sollten. Als sie diese Entscheidung Joachim energisch mitteilt und ihm auch das Warum erklärt, nimmt er sie glückstrahlend in den Arm. „Also wird unser Kind leben, es komme, wie es will. Wir werden dafür alle nötigen Kämpfe in Kauf nehmen!"

Loni ist über seine Reaktion völlig verdutzt, kann aber so die in diesem Jahr 1945 gewonnene bessere Einstellung zu Joachim noch ein bisschen festigen. Eine gewisse Zuneigung empfindet sie nun schon. Sie verabreden nun, dass sie vorerst die Schwangerschaft verschweigen werden. Mit den schlabbrigen Arbeitskleidern wird Loni sie bestimmt recht lange verdecken können.

Während im KZ alles seinen gewohnten Gang zu gehen scheint, ist das Kriegsgeschehen selbst in der Sicht der einfacheren Bevölkerung irgendwie in eine Endphase geraten. Bereits im März sind auf dem Territorium des Deutschen Reichs allerlei Einheiten der Alliierten aktiv. Und dann das Unfassbare: Ende März ist von der Sowjetarmee mit dem polnischen Heer gemeinsam eine neue Ostgrenze des Reichs erzwungen worden, die

Oder-Neiße-Grenze. Im April werden Tag für Tag großmäulige Erfolgsmeldungen der Wehrmacht durch zahllose Gegeninformationen Lügen gestraft. Im Westen werden die Verluste immer größer, und von Nordosten rückt die Rote Armee der Hauptstadt immer näher.

In den Morgenstunden des 21. April 1945 beginnt dann, als die Rote Armee nur noch wenige Kilometer entfernt ist, unvermittelt die Räumung des KZ Sachsenhausen durch die SS. Rund 33.000 der noch verbliebenen etwa 36.000 Häftlinge werden in Gruppen von je 500 Häftlingen nach Nordwesten in Marsch gesetzt. Loni und die anderen inzwischen bereits neun Lagerprostituierten werden bei dieser Räumung mit den 3.000 Kranken regelrecht vergessen, weil das Bordell hinter der Pathologie direkt in der südlichsten Ecke des riesigen dreieckigen Lagers gebaut wurde, und von der Krankenstation bis in diese Ecke alle Gebäude unangetastet bleiben.

Am 22. und 23. April erreichen sowjetische und polnische Truppen das Hauptlager. Die etwa 3.000

Kranken sowie die volksfremden Ärzte und Pfleger werden befreit. Das verbliebene deutsche Personal kommt in Haft, dies natürlich vorerst in den geeigneten Gebäuden des Lagers. So auch Joachim von Heuwitz. In den folgenden Wochen sterben noch mindestens 300 ehemalige Häftlinge an den Folgen der KZ-Haft. Sie werden in sechs Massengräbern an der Lagermauer direkt neben dem Krankenrevier bestattet. Mit den zehn Lagerhuren können die Eroberer aber nichts Rechtes anfangen. So werden sie am 24. April mit einem Lastwagen nach Berlin zum Lehrter Bahnhof gebracht, dessen Bahnbetriebswerk die Rote Armee am frühen Morgen erobert hat. Dort hausen sie unter erbärmlichen Umständen zwei Wochen in einem Kellerraum, werden dann aber nach Kriegsende am 9. Mai ohne Weiteres mit ordentlichen Dokumenten in die Freiheit entlassen.

Joachim hat Loni zugerufen: „Sieh, dass du dich und unser Kind retten kannst, mein Leben ist hier zu Ende!" Er soll in Etwa recht behalten, denn er landet nach zwei Jahren als Kriegsgefangener im „Sachsenhausen-

Prozess", der bis zum 1. November 1947 im Rathaus Pankow auf der Grundlage des „Kontrollratsgesetzes Nr.10" stattfindet. Angeklagt sind natürlich der letzte Lagerkommandant Anton Kaindl sowie zwölf Angehörige seines Stabes, ein Zivilbeamter – nämlich der Arzt Dr. Joachim von Heuwitz – und dazu noch zwei ehemalige Funktionshäftlinge. Vorwurf: diverse Kriegsverbrechen und Verbrechen gegen die Menschlichkeit. Das Verfahren endet schließlich mit zwei fünfzehnjährigen Haftstrafen für die Kollaborateure und vierzehn lebenslangen Freiheitsstrafen. Eine davon erhält der Arzt Joachim von Heuwitz.

Werner

Am Lehrter Bahnhof, dem späteren Hauptbahnhof der Stadt Berlin, steht lediglich ein einziger Güterzug mit dampfender Lokomotive. Loni und Liesbeth fragen den alten Lokomotivführer, wohin die Reise geht. „Pst, junge Frauen, nicht so laut. Wir wollen mit unserer Ladung Steinkohle ins Hannoversche zurück und dann dort bleiben. Hier sind die Sowjets die Sieger, um Hannover die Briten. Das ist besser. Außerdem sind wir beide, die Heizerin, die meine Frau ist, und ich, in Lehrte zu Hause. Wollen Sie mit? Dann schleunigst ins Bremserhäuschen des letzten Wagens, das ist leer bis auf einen Korb Äpfel und einige Flaschen Wasser. Das reicht auch für vier."

Tatsächlich schaffen es die Beiden, das Häuschen unbeobachtet zu besteigen. Und schon rollt der Zug los, freundlich durchgewunken von zwei Sowjetsoldaten am Ende des Bahnsteigs. Ungehindert rollt der Zug westwärts. Und Loni sieht so manche Kriegsfolgen, die sie so nie erwartet hätte. In Stendal wird auch von dieser Lokomotive wieder zumindest Wasser gebunkert. Dann

122

wird der Zug von Soldaten in einer ihr fremden Uniform auf ein Nebengleis geleitet, auf dem er nach Auskunft des einen, der ganz gut deutsch spricht, noch eine halbe Stunde warten muss, dann dürfe er weiter Richtung Westen. Das hilfreiche Ehepaar kommt nun erst einmal zum Bremserhäuschen, und gemeinsam essen sie so viele Äpfel, wie sie verkraften können. Den Durst löschen sie auch.

Plötzlich sagt die Heizerin: „Du kriegst ja ein Kind, Mädchen!" „Richtig. Das habe ich als Gefangene im Konzentrationslager eingefangen. Ich will es auf jeden Fall austragen, es komme wie es will." „Wo willst du denn jetzt hin?" „Zu Mutter nach München." „Oh weh, das wird eine schwierige Reise." „Das denke ich auch, aber ich habe schon ganz Anderes gemeistert, da wird mir das auch gelingen." Danach gehen die beiden heftig mit Ruß Verschmierten wieder zur Lokomotive, und recht bald rollt der Zug wieder. Keiner von den Vieren kann ahnen, dass dies für längere Zeit der allerletzte Zug sein wird, der von Berlin nach Lehrte unterwegs ist. Aber der gerade Weg nach München ist das nun auch nicht. Für Liesbeth stimmt die Richtung schon erheblich besser.

In Lehrte scheint die Reichsbahnwelt noch in Ordnung. Dieser Rangierbahnhof am Schnittpunkt der Nord-Süd- und Ost-West-Güterstrecken hat bis Kriegsende eine Unmenge Versorgungszüge um- und zusammengestellt. Das meiste, was transportiert wurde, ging an die Fronten der Wehrmacht. So waren alle Dienstposten besetzt, teilweise auch mit eigentlich Wehrpflichtigen, die für diese Zwecke in der Heimat dienstverpflichtet waren. Aber auch bereits rentenreife Mitarbeiter waren zuhauf im Einsatz gewesen. Beispiel: das hilfreiche Ehepaar Stock, mit dem Loni herbei gekommen ist. Verblüffend ist, dass hier kurz nach der Kapitulation noch immer Ferngüterzüge von Norden nach Süden und umgekehrt unterwegs sind. Besser gesagt schon wieder. Die Alliierten müssen schließlich irgendwie die Versorgung sowohl ihrer Besatzungstruppen als auch der Deutschen in den Griff bekommen. Da muss allerlei transportiert werden. So kommt vielleicht Liesbeth nach Oldenburg.

Hilde und Werner Stock nehmen Loni nach der Ankunft in Lehrte einfach mit nach Hause, während sich Liesbeth alleine Wege zur Weiterfahrt nach Oldenburg sucht und auch findet. In einer alten Bahnarbeitersiedlung mit Reihenhäuschen ist eines davon schon seit vielen Jahren das Domizil der Familie Stock. Fast noch wichtiger als diese rührende Gastfreundschaft ist Hildes Angebot, Loni möge doch hier ihre Anstaltskleidung gegen zivile Sachen aus ihrem Kleiderschrank tauschen. Sie ist von der schweren Arbeit in der Lokomotive recht kräftig geworden, da sollte sich etwas Passendes für Lonis wachsendes Bäuchlein finden lassen. So wird die tatsächlich zur normalen Zivilistin.

Werner Stock ist am nächsten Morgen schnell wieder am Bahnhof. Erstens will er in der Disposition erfahren, ob und wann er und seine Frau wieder benötigt werden, zweitens ein wenig herumfragen, wie Loni vielleicht doch flott Richtung München vorankommen kann. Am großen Rangierplan an der Wand versucht er zuerst einmal einen Zug zu finden, der etwa sogar für Bayern zusammengestellt wird oder ist. Er kann die Fähnchen durchaus zuordnen. Dabei entdeckt er mit Freude, dass der ganze kleine Kohlezug, den er auf eigene Faust den Sowjets entzogen und nach hier zurückgebracht hat, in einen von einer sehr starken Lokomotive gezogenen langen Zug eingeordnet wurde, der diese Kohle und allerlei Anderes nach – wer hätte das ahnen können? – München bringen soll. Die Abfahrt ist für kurz nach 14 Uhr geplant. Weil die Reise so weit gehen und die schwere Lok wieder zurück soll, wird ein zweiter ortsansässiger Lokführer eingeteilt, der den anderen im Wechsel entlasten kann. Der zweite heißt laut Einsatzplan Werner Stock! Seine Frau hätte solange frei.

Wer aber wird der eigentliche Lokführer sein? Auch das hat er schnell herausgefunden, Das ist der Kollege Raimund Berg. Wunderbar, den kennt er gut, denn er wohnt mit seiner Familie in der gleichen Siedlung wie die Stocks. Also geht er für einen kurzen Besuch bei diesem vorbei. Nicht aber bevor er sich den fast fertig zusammengestellten Zug im Rangierbereich angeschaut hat. Und sofort wird ihm klar, warum der nach München muss. Außer aus den vier Kohlekübelwagen ganz hinten besteht er ausschließlich aus offenen Wagen, auf deren flachen Ladeflächen Panzer und andere Militärfahrzeuge angezurrt sind, alle mit dem weißen US-Stern auf der Haube. Die sind vermutlich als Nachschub per Schiff nach Bremerhaven verbracht worden und müssen jetzt weiter nach Süden. Soviel weiß Werner bereits: Die Amerikaner besetzen den Süden des Deutschen Reichsgebiets. Und, prima für Werners Plan, weitere zwei Wagen haben ein Bremserhäuschen.

Raimund Berg ist gerade aus dem Bett gekrochen und sitzt bei seinem bescheidenen Frühstück. Werner erklärt ihm nun, dass er gerne sowohl seine Frau als auch eine aus einem KZ befreite junge schwangere Frau mit nach München nehmen möchte. Drei Bremserhäuschen böten genug Raum für alle. „Das große am Kohlewagen nutzen die beiden Frauen, eines der anderen du oder ich und das dritte der Heizer. Da können wir sogar schlafen, wenn der Andere fährt. Und der arme Heizer, der keine

Ablösung bekommen hat, kann sich auch mal von meiner Hilde ersetzen lassen." Raimund ist sofort dabei. Der jungen Schwangeren nicht zu helfen, würde Krach mit seiner Frau bedeuten, die das Gespräch mit anhört. Aber auch er selbst möchte hilfreich handeln.

Mit diebischer Freude bringen sie dann rechtzeitig Hilde und Loni in das Häuschen ganz am Zugende. Dann erklären sie dem Heizer, den sie auch beide gut kennen, die außergewöhnliche Reiseplanung. Schließlich steigt Raimund in die Lok und Werner in das vordere kleine Häuschen mit Ausblick über vier Panzer bis zum Kohlentender. Hilde hat zuhause in Windeseile Reiseproviant zusammengepackt, soweit ihr Gärtchen und die Küchenvorräte das möglich machten. Jetzt sitzt sie zufrieden neben Loni und lässt sich, nachdem der Zug nun rollt, endlich in Ruhe Genaueres darüber erzählen, wie Lonis Leben sich abgespielt hat.

„Weißt du denn, was dich in München erwartet?" „Nein, nicht im Geringsten. Aber das ist mir nicht so wichtig. Zuerst suche ich meine Mutter, vielleicht ist sie noch in der Stadt. Dann wohl meine Geschwister. Und schließlich würde ich am liebsten nach Österreich ins Lechtal zurückkehren. Das ist meine Heimat, und da könnte mein Kind bestimmt besser aufwachsen als in München." „Na, dann wünsche ich euch beiden von Herzen, dass dies gelingt."

Obwohl doch so viel Infrastruktur der Bahn bombardiert und auch Schienenwege zerstört worden sein dürften, kommt der riesige Güterzug erstaunlich störungsfrei voran. Erst auf den schier zahl- und endlosen Gleisen des Verschiebebahnhofs Bebra südlich Kassel werden sie auf ein langes Gleisstück geleitet, um eine Kontrolle der Amerikaner zu erleben. Dabei tauschen sie gleich die Lokführer aus und ersetzen auch den Heizer vorübergehend durch Hilde. Der Heizer verkriecht sich sofort in das Bremserhäuschen hinter den Lastwagen. Schon längere Zeit vor der Weiterfahrt schläft er fest.

Einer der kontrollierenden Amisoldaten spricht recht gut Deutsch. Walter erklärt ihm, dass auf diesem Zug wegen der weiten Strecke zwei Lokführer, zwei Heizer und eine

Zugbegleiterin eingesetzt seien. Der Soldat will Personalpapiere sehen. Als ihm Loni zaghaft ihren KZ-Entlassungsschein der Roten Armee hinhält, scheint er sofort ihren eigentlichen Reisezweck zu begreifen. Er lächelt ihr zu und sagt: „Hoffentlich können sie das Lager im Rückblick gut verkraften." Am späten Abend wird der Zug zur Weiterfahrt frei gegeben.

Nun rollt der Zug fast völlig ohne bedeutende Hindernisse durch die Nacht. Hie und da gibt es einige Minuten Aufenthalt vor einem quer gestellten Signal. Es fahren nämlich einige andere Züge, die vorbei müssen. Aber insgesamt läuft's. Bis gegen Morgen irgendwo auf offener Strecke inmitten von Bayern ein geschlossenes Signal einen Halt gebietet. Am Geleis steht ein älterer Mann mit einer roten Fahne und einem Signalhorn, der zur Lokomotive geht und Werner davon in Kenntnis setzt, dass einige hundert Meter seitlich voraus gerade ein Blindgänger entschärft werden solle oder, wenn das nicht möglich sei, gesprengt werden müsse. Die Strecke hinter dem Zug sei kilometerweit frei, er müsse bis über die Brücke sicherheitshalber zurücksetzen. Nach einer Pause von maximal einer Stunde könne die Strecke wieder frei gegeben werden, wenn sie keinen Schaden leide.

Brav setzt Werner den Güterzug langsam zurück. Raimund hat sich dazu auf die linke hintere Ecke des letzten Wagens gestellt und spielt mit einer Fackel den Rangiermeister. Über die Brücke, vor der die schwere Lokomotive nun leise vor sich hin schnauft, führt neben den Gleisen auch ein breiter Fußweg, der wohl früher gern von Wanderern genutzt wurde. Direkt am Brückenkopf ist nämlich ein Rastplatz mit einem fest verankertem Tisch und zwei ebensolchen Bänken. Und da die Sonne gerade aufgeht, macht dort nun die Reisegesellschaft eine ordentliche Frühstückspause. Als die Strecke wieder frei gegeben ist, fährt Raimund mit dem Heizer die letzte Etappe.

Werner Stock hat sich inzwischen einige Gedanken gemacht, wie er Loni in München erst einmal ein Dach über dem Kopf verschaffen kann. Aber so recht will ihm da nichts einfallen. Er ist zwar früher immer mal in München gewesen, als er noch Fernschnellzüge fuhr und seine Frau nicht im Traum daran gedacht hätte, Heizerin zu werden. Aber außer dem Personalquartier am Rangierbahnhof Riehm hat er von München sonst nichts gesehen. So war halt das Leben des Zugpersonals. Jetzt muss er sich auf seine Findigkeit und die seiner Frau verlassen, wenn er Loni noch ein wenig weiter unterstützen will. Und das will er in jedem Fall.

In München selbst wird es jetzt spannend. Bereits seit dem 6. Mai haben die amerikanischen Eroberer damit begonnen, die teilweise schwer zerstörten Bahnlinien im Stadtbereich notdürftig zu reparieren. Und, immerhin, ist die eine oder andere bereits wieder befahrbar. Dass schließlich ihr Güterzug rückwärts ausgerechnet in einen Personenbahnhof geleitet wird, hätten die Lokführer nun wirklich nicht erwartet. Aber sichtlich hat ein altes Hauptgleis zum Hauptbahnhof schon wieder die Stabilität, den schweren Zug zu tragen. Und inmitten der

Trümmer der Bahnhofsgebäude haben die Amerikaner mit vielen fleißigen Helfern aus dem Schutt eine provisorische Verladerampe aufgeschüttet, über die nun die Militärfahrzeuge schön vorsichtig entladen werden können. Die vier Kohlewagen sind aber schon am Rangierbahnhof Nord abgehängt worden.

Hilde und Loni stecken reichlich eingeengt in einem der nun nur noch zwei Bremserhäuschen, im zweiten sitzt ein Amerikanischer Soldat, ein GI mit sichtbarem bahntechnischem Fachwissen. Und Werner ist mit den beiden anderen Männern der Reichsbahn im Führerhaus der Lokomotive mitgefahren, bevor er dann das Fahren im Bahnhof übernimmt, weil Raimund wieder am Zugende den Rangiermeister spielt.

Nun kommt ein anderer GI mit einer deutschen Frau, die als Übersetzerin dient, und empfängt die fünf Leute dieses ungewöhnlichen Zugpersonals. Vor allem wollen die natürlich wissen, wozu Loni mitgekommen ist. Der Amerikaner begreift aber sofort. Und die Dolmetscherin erhält den Auftrag, alle fünf quer über die zerstörten

Gleisanlagen aus dem Bahnhofsgelände zu bringen. Als Quartier bietet sie zwei Kellerräume eines zerbombten Hauses am Ende der Dachauer Straße an, die für solche Übernachtungsgäste der Bahn als Provisorium hergerichtet worden sind. Werner möchte dabei von ihr erfahren, wie Loni wohl weiterkommen kann. Die Frau erklärt freundlich, dazu müsse sie leider zum Kommandobereich der Amerikaner in die Waldmann-Kaserne gehen. Eine knappe Stunde Fußweg sei das schon. Aber die Dachauer Straße entlang, die immerhin durchgängig zu Fuß benutzbar sei, sei diese Kaserne leicht zu finden. Die Kommandozentrale befinde sich im unzerstörten Bereich direkt gegenüber von „Marias Bierschänke", die jetzt eine Amikneipe geworden sei.

Da die Lehrter Zugmannschaft inzwischen weiß, dass sie erst am übernächsten Tag zurückkreisen wird, macht sich Werner sofort mit seinem Schützling auf die Wanderschaft zur GI-Zentrale. Obwohl Loni bereits im fünften Schwangerschaftsmonat ist, kommt sie mit dem langen Fußmarsch durch diverse Trümmerfelder gut zurecht. Überraschend ist ein Teil der Kasernengebäude ohne Schäden. Hohe Bäume waren wohl der Schutz.

Werner und sie orientieren sich nun an der Lage des Lokals „Marias Bierschänke" und müssen feststellen, dass die Kommandozentrale der Amerikaner derzeit geschlossen ist. Aus dem Biergarten gegenüber erschallen lachende Stimmen in einer Loni fremden Sprache, die der im britischen Besatzungsland lebende Werner sofort als Englisch erkennt. Da sitzen jetzt wohl diese Amis. Also gehen sie hinüber in die kleine Gaststube. Hinter der Theke steht ein Mann mit weißen Haaren und weißem Schnurrbart, der am Bierzapfen ist. Und aus dem Biergarten kommt eine blonde Frau in etwa Lonis Alter herein. Die bleibt verblüfft stehen, lässt fast ihr Tablett mit den leeren Gläsern fallen und stottert: „Du bist doch die Loni!" Schnell stellt sie das Tablett ab, und die Schwestern fallen sich in die Arme. Die beiden Männer haben es auch sofort erkannt, dass sie Schwestern sein müssen. Unglaublich, diese Ähnlichkeit!

Maria zieht ihre schwangere Schwester eifrig zu einem leeren Tisch in der Ecke, lädt Werner dazu und ruft dem Mann an der Theke zu: „Bring jetzt erst einmal drei Gläser Wasser, Fredl! Oder ein viertes für dich mit, wenn du kurz hier mit sitzen kannst." Werner schüttelt den Kopf. „Nein, nein, er soll ruhig nur drei bringen, ich marschiere jetzt gleich wieder zurück. Meine Aufgabe ist hiermit besser erledigt, als ich je gedacht hätte. Meine Hilde und die beiden Kollegen werden staunen!" Loni umarmt ihn dankbar, richtet Grüße an die drei anderen Zugreisenden aus, und schon verschwindet ihr uneigennütziger Helfer aus ihrem Leben.

Alfred und Ludwig

Maria und tatsächlich auch der dazu gerufene Weißhaarige sitzen nun mit Loni am Tisch in der Ecke. Maria kann es kaum erwarten, von ihrer Schwester zu erfahren, woher sie jetzt kommt, wer der Vater des Kindes ist und – überhaupt – was alles sie in den letzten gut zehn Jahren erlebt hat. Loni gibt sich Mühe, in einer gedrängten Zusammenfassung alles Wichtige der Zeit darzustellen, in der sich die Schwestern aus den Augen verloren hatten. Zwischendrin gibt es immer einmal eine kurze Pause, wenn der von Maria Fredl genannte Mann, der offensichtlich ein steifes rechtes Bein hat und ziemlich hinkt, oder aber Maria selbst eine Bestellung ihrer Gäste erledigen müssen.

Nach der knappen Schilderung der Bahnreise durch halb Deutschland will nun aber auch Loni von ihrer Schwester erfahren, wie es ihr in dieser zurückliegenden Zeit ergangen ist. „Du weißt ja sicher noch, dass ich, jung und verdorben wie ich war, ab 1935 anfing, mein Geld dadurch zu verdienen, dass ich auf den Strich ging. Die

Drecksäcke der SS rissen sich um die Hure, die noch ein Kind war. Ich habe lange Zeit einen Haufen Geld verdient, Mutter, den sterbenden Mistkerl Otto und unsere beiden Geschwister recht gut finanziell versorgt und dieses Leben für ganz normal gehalten. Zum Glück starb dann ganz bald nach deiner Abwanderung unser Peiniger Otto. Und danach ging es mit Mutter wieder langsam bergauf. Sie fand sogar Arbeit als Wirtschafterin im Haushalt eines Arztes namens Wassermann, dessen Frau recht kränklich war. Mutter arbeitete, wenn die beiden Kinder zur Schule waren.

Anna war eine Durchschnittsschülerin der Mittelschule so wie ich, nicht ganz so gut wie du. Siggi aber hat es sogar ins Gymnasium geschafft. Doktor Wassermann hatte uns eine Wohnung im Nebengebäude seiner Villa angeboten, die war gar nicht so schlecht. Als er rausbekommen hatte, wie ich mein Geld verdiene, hat er mich häufig zu sich rüber in die Praxis kommen lassen. Offiziell zwar zu regelmäßigen Kontrolluntersuchungen, inoffiziell aber, um mit mir ständig seine Frau zu betrügen. Die duldete das aber wohl, weil sie selbst nicht mehr genug Kraft für ihren aktiven Mann aufbringen konnte. Heute denke ich, er hatte auch was mit unserer Mutter. Zuzutrauen wäre ihm das, und Mutter nach dem Tod des bösen Otto wohl auch.

Bis etwa im Oktober 1938 lief das alles ohne große Probleme. Mutter verdiente mehr, als sie und die beiden Kleinen benötigten. Also legte ich mir ein Sparkonto an, dessen Kapital in atemberaubender Geschwindigkeit wuchs. Zum Leben brauchte ich nichts, da versorgte Mutter mich mit. Zum Ausgleich für die Jahre davor, als ich die ganze Familie finanziert hatte. Allmählich wünschte ich mir ein anders Leben. Die SS-Knilche, mit denen ich das meiste Geld verdiente, waren zum größten Teil typische Befehlsempfänger, ebenso gedanken- wie skrupellos. Dann prangte am 8. Oktober – es war ein Samstag – sowohl an der Gartenmauer des Wassermann-Grundstücks als auch an der Tür der Praxis die rote Aufschrift: „Judensau" und jeweils daneben ein sogenannter Judenstern.

Der Arzt war in München so beliebt, dass kaum jemand die Frage nach seiner jüdischen Herkunft gestellt hatte. Wir hatten es sogar überhaupt nicht gewusst. Jetzt aber wurde er einer der Geächteten. Meine SS-Kunden wussten zum Glück nicht, wo ich wohnte. Am 10. November hätte eigentlich die Geburtstagsfeier eines Hauptsturmführers stattfinden sollen, in der sie mich versteigert hätten. Das kam öfters vor, aber an diesem Tag fiel die Sache aus, weil alle Teilnehmer zum Sonderdienst kommandiert waren. Als ich etwas verloren in der Offiziersmesse herumlungerte, brach plötzlich in ganz München die Hölle los. Synagogen wurden demoliert und angezündet, jüdische Geschäfte zerstört und allerlei Immobilien jüdischer Eigentümer gingen dann noch kurz vor Mitternacht in Flammen auf. Die Reichspogromnacht.

Während das Ehepaar Wassermann verhaftet und vermutlich ins KZ Dachau verschleppt wurde, konnte sich unsere Familie nicht mehr aus dem Inferno retten. Ich habe alle drei Leichen verkohlt in den Trümmern unseres Nebenhauses gefunden. Und mich sofort wieder aus dem Staub gemacht. Wer weiß, was sonst mir noch angetan worden wäre! Der Schock saß tief, und mir war klar, keinem dieser Nazischergen würde ich wieder zu Diensten sein wollen. Nie und nimmer als Hure. Das alles ekelte mich nur noch an. Zuerst bin ich ins Lechtal gefahren, habe mich bei unserer Nachbarsfamilie Köhler ausgeweint, bin in unserer leeren Mühle herumgelaufen und dann wieder nach München zurück gereist.

Dann habe ich ein kleines Zimmer gemietet und mich gefragt, was ich nun eigentlich mit mir anfangen wolle. Dazu bin ich hier im Viertel viel rumgelaufen und habe plötzlich an Marias Bierschänke ein Schild gesehen: „Nachpächter oder Nachpächterin gesucht." Das war wie ein Wink des Himmels. Hier kannst du neu anfangen, es ist für eine Maria alles vorbereitet! Ich war sofort in der Gaststube. Die Wirtin, Maria Sennhofer, hat mir alles gezeigt und erklärt. Dann haben wir sofort miteinander einen von ihrem Steuerfachmenschen vorbereiteten Übergabevertrag unterschrieben und sind am nächsten

Morgen zum Vermieter gegangen, der sogleich einverstanden war. Er hat mir einen neuen Mietvertrag geschrieben und nach Kenntnis meines Sparvermögens plötzlich angeboten, ihm das ganze kleine Anwesen einschließlich Biergarten abzukaufen. Seit dem 1. April 1939 gehört das hier alles mir. Und die SS-Schweine haben mir das Ganze letztlich bezahlt!

Da Hitler die gegenüberliegende Kaserne ständig vergrößert hat und durch die beiden Mobilmachungen unglaublich viele junge Soldaten hier zur Ausbildung stationiert wurden, hatte ich über den Sommer und Herbst, eigentlich auch weit bis in den Krieg hinein, hier eine der bestlaufenden Kneipen Münchens. Und die verdammte Prostitution hatte ein Ende. Ohne Wenn und Aber. Ich habe mich an die Münchner Sitte, die Gastronomie durch Trachtentragen zu dekorieren, sofort angepasst. Deshalb, aber erst recht auch für unsere Amis, trage ich jetzt immer Dirndl. Steht mir ja auch."

Fredl nickte: „Wie soll man dann als einsamer Mann einem solch schmucken Madl widerstehen?"

Loni schaute ihn versonnen an. „Dann erzähl du mal, wie du hier dazugekommen bist. Du hast zwar weiße Haare, aber ich möchte wetten, du bist noch keine dreißig Jahre alt. Wie kann das sein?" „Naja, im Herbst 1939 war ich hier in der Kaserne einer der zahllosen ersten Rekruten, die ihre Grundausbildung machen mussten. Natürlich ging man dann schon mal abends rüber ins ‚Maria', wie das bei uns hieß. Und da habe ich mich prompt und heftig in die blutjunge Wirtin verknallt. Alle Versuche, an die knackige Dame heranzukommen, sind kläglich gescheitert. So hübsch die war, so spröde war die auch. Es sind genug Kerle um sie rumgetanzt, aber ein jeder hat seine Abfuhr erhalten.

Schon lange vor Weihnachten war ich Frontsoldat. Schau, da überm Tresen hängt ein Bild von mir. Ja, der Schwarzhaarige mit dem Wachtmeisterbart, das bin ich, wie ich mal war. Ich war mit den Truppen unter General Rommel in Nordafrika, wurde später nach seiner vorübergehende Absetzung nach Italien verlegt und dann im September 1943 in Mittelitalien – wieder unter dem Befehl Rommels – zur Entwaffnung der vorher verbündeten italienischen Armee eingesetzt. In den Apenninen waren Beobachtungsposten eingerichtet worden, die, verteilt durch das ganze Gebirge, die italienischen gut versteckten Truppenteile aufzuspüren hatten. Wir, ein Fähnrich namens Jens Rott und ich, saßen mit unserem Funkgerät in einer gemütlichen Holzblockhütte, wohl einer Sennhütte, auf einer Art Felskante, mit bestem Überblick, wie wir dachten. Aber eines Abends explodierte unter unserer Hütte eine Sprengladung. Das ganze Häuschen hob sich samt Holzboden vom Fundament und kullerte mit uns drin den Riesenfelsen hinunter. Beim Aufprall unten zerbrach die Blockkonstruktion endgültig. Jens wurde zerquetscht, und ich irgendwie durch die Luft geschleudert. Neben dem Balkenhaufen haben mich dann am anderen Morgen Kameraden unserer Kompanie ohnmächtig gefunden. Sie haben mich fast nicht erkannt. Meine Haare waren weiß geworden. Mein kaputtes Bein ist zwar noch dran, aber versteift und fast unbrauchbar. So wurde ich aus dem Lazarett in die Kaserne hier zurück verlegt, ich sollte Schreibstubensoldat werden. Dafür habe ich mich aber – mit Absicht – zu blöd angestellt.

Als ich wieder herum hinken konnte, tauchte ich eines Abends mit meinen Krücken bei Maria auf, um ein Bier zu trinken. Und um die immer noch in meiner Erinnerung herumschwirrende Schöne wiederzusehen. Diesmal hat sie mich intensiv wahrgenommen, es waren ja auch nur etwa zehn Kunden im Lokal. Ich musste ihr die Geschichte meiner Verwundung erzählen. Und durfte verwundert erkennen, die Frau interessiert sich ernsthaft für mich. Erst dachte ich, das wäre Mitleid. Doch dann merkte ich, das war Solidarität mit einem vom Hitlerregime fast verheizten jungen Krieger, der sie auch als Mann zu interessieren begann. Als ich wenige Tage später als wehruntauglich entlassen wurde, zog ich bei ihr ein. Und sobald es wieder eine ordentliche Verwaltung im München gibt, werden wir heiraten. Wir wissen nämlich seit Mitte April, dass wir Eltern werden."

Maria lädt nun Loni ganz offiziell ein, bei ihr und ihrem Alfred – das ist sein voller Vorname – vorerst wohnen zu bleiben. „Hast du schon irgendeinen Plan, wie es mit dir weitergehen soll?" „Den habe ich. Sobald sich eine Möglichkeit findet, ins Lechtal zu kommen, will ich die nutzen. Ich habe sogar einiges an Geld in meinen Schuhen. Das sind noch die KZ-Schuhe. In einem hatte ich seit der Auflösungsaktion durch die SS immer meine Geburtsurkunde und meine Kennkarte, die mir Joachim beschafft hatte, und im anderen einige Geldscheine, die ich beim Büroputzen geklaut habe, als sich das KZ aufzulösen begann. Beides sorgfältig eingerollt in Kondomen. Du hast berichtet, dass du in unserer Mühle gewesen bist. Wem gehört die jetzt eigentlich?"

„Vermutlich uns beiden. Wenn du dort bist, versuchst du das bitte zu klären. Ich gebe dir die Sterbeurkunden Mutters und unserer Geschwister mit. Wenn alles klar ist, überreichst du bitte dem Nachlassgericht meine Erbausschlagung. Was sollen Alfred und ich mit der Mühle? Uns geht es hier prächtig, die Amis erhalten uns unsere gute Existenz. Die sind übrigens ganz erträglich, und Fredl kann auch genügend Englisch. Hast du einen

Plan für die Mühle?" „Nein, eigentlich nicht. Aber dann habe ich ein Dach über dem Kopf sowie Platz genug für einen ordentlichen Gemüsegarten und allerhand Kleintiere, Hühner beispielsweise und Ziegen. Ich bin ja Bäuerin, ich komme mit meinem Kind schon durch. Und Köhlers werden mir auch mal helfen."

„Also bleibt es dabei: du und dein Kind, ihr bekommt die Mühle, den Garten und die Viehweide, die Peter Köhler bisher einfach mit bewirtschaftet. So sieht das nicht so wild aus. Nur der Garten ist natürlich dringend der Pflege bedürftig." Maria und Alfred bieten ihr vorerst in der hinter dem Schankraum liegenden Wohnung Quartier. Sie hilft dann am nächsten Tag, einem Sonntag, noch im Gastraum. Er marschiert dann am nächsten Morgen ziemlich mühselig mit ihr über die Straße, und sie gehen zusammen in die amerikanische Kommandozentrale. Fredl erfragt, ob es schon wieder eine Zugverbindung nach Füssen gibt. Die gibt es tatsächlich, aber nicht direkt aus der Stadt, sondern erst ab dem noch einigermaßen intakten Bahnhof in Pasing. Als Fredl beklagt, dass seine schwangere Schwägerin dann ja knapp 10 Kilometer laufen müsse, um dorthin zu kommen, bieten zwei der GIs sofort an, sie zu fahren.

Diese amerikanischen Soldaten sind insgesamt sehr freundlich, wahren aber auch ganz brav eine ordentliche Reserviertheit. Die beiden Helfer gehen sofort mit Loni und Fredl zu Marias Bierschänke zurück. Maria packt ihrer Schwester noch zwei belegte Brote ein, übergibt ihr den Mühlenschlüssel und die Dokumente in einer alten Aktentasche und schon sitzt die im Jeep und wird ruckzuck zum Pasinger Bahnhof kutschiert. Einer der beiden Soldaten spricht sogar ein bisschen deutsch. Er verabschiedet Loni mit dem Wunsch: „Gutes Geburt, junges Frau!", und schon brausen die beiden wieder davon.

Eine Zugverbindung nach Füssen gibt es tatsächlich, aber ein Personenzug fährt erst um dreizehn Uhr dreißig. Also setzt sich Loni in den gut besetzten Wartesaal und verzehrt erst einmal ihre Brote. Und dann steht plötzlich ein kleiner Personenzug am Bahnsteig.

Niemand hat bisher eine Fahrkarte kaufen können, da ist keiner am Schalter. Aber gleich begreift Loni, wie das gedacht ist. Die freundliche Zugbegleiterin mit der roten Mütze kommt zum Kassieren und lädt dann die Wartenden zum Einsteigen ein. Wie vor etwa zehn Jahren fährt der Zug durchs Land bis Kaufering und weiter nach Westen, dort heißt es also umsteigen. Dass Loni schließlich in Füssen sogar sitzen bleiben kann und bis nach Reutte weiterfahren, hat sie schon von der freundlichen Zugbegleiterin in Pasing erfahren.

Nun ist sie zwar direkt am Rand der Lechtaler Alpen angekommen, wie aber soll sie ins Tal hinein gelangen? Der erste Gedanke führt sie zum Marktplatz, der nach Auskunft einer Passantin nur wenige hundert Meter vom Bahnhof entfernt ist. Zu ihrer Kinderzeit sind montags immer einmal Lechtaler Bauern, die Kunden der Mühle waren, mit ihren Erzeugnissen zum Wochenmarkt nach Reutte gefahren. Das war sicher eine Ganztagesaktion, muss sich aber wohl doch gelohnt haben. Nach Auskunft einiger Bauern hätten dort sogar Leute aus Füssen eingekauft, die vor allem die würzigen Käsesorten der Talbauern sehr geschätzt hätten. Und erneut ist ihr das Glück zur Seite, am heutigen Montag ist Markttag.

Verblüfft stellt sie fest, dass nicht nur von Pferden herbei gezogene Verkaufswagen im Rund stehen sondern sogar zwei motorisierte Lastwagen. Ihre Schornsteine an der Seite, die aus runden ofenähnlichen Tonnen herausragen, kann Loni nicht so recht begreifen. Aber das ist Nebensache. Hauptsache ist die Aufschrift auf einem der LKWs: „Käsehof Wiesheu, Berg in Tirol". Eine geborene Wiesheu war schließlich ihre Mutter. Ob das Verwandte sind? Mutig geht sie zum Wagen und spricht die beiden Leute daneben freundlich an.

„Sie sind also aus dem Lechtal oben? Und hatten sie eine Verwandte namens Anneliese, die einen Alois Sailer geheiratet hatte?" Eine schiere Ewigkeit gibt es keine Antwort. Vor allem der Mann, der so etwa fünfundfünfzig Jahre alt sein dürfte, mustert sie mit einem seltsamen Blick. Und dann bricht es aus ihm hervor: „Sag bloß, junge Frau, du bist eine der Töchter unserer Anneliese! Ähnlich siehst du ihr schon. Bist du die Maria, die nach Annelieses Tod kurz in der Mühle war?" „Nein, das nicht. Ich bin aber die Appolonia, die Loni, die Zweite. Maria ist in München, da komme ich gerade her. Aber was heißt ‚unsere Anneliese'?" „Du bist die Loni? Was bin ich froh, dass es auch dich noch gibt! Ich bin doch der älteste Bruder eurer Mutter, der Ludwig, den ihr als Kinder kaum gesehen habt. Ich habe ein ganz schlechtes Gewissen, weil ich eure Mutter mit dem Dreckskerl Otto zusammen gebracht habe. Wir alle haben uns in dem getäuscht."

Nun nimmt die füllige Frau dieses Onkels Ludwig die Loni in den Arm. „Und ich bin Marias Patin, ich heiße auch Maria. Bist du nun verheiratet? Du wirst ja Mutter, wie man sieht." „Nein, das leider nicht. Aber durch welches Elend ich gehen musste, kann ich euch nicht hier in der Kürze erzählen, da braucht's Zeit." „Und ins Tal hinein willst du ja sicher auch. Also fährst du nachher mit uns, bleibst über Nacht bei uns auf dem Käsehof, und morgen früh bringt dich unsere Vroni mit dem

Pferdewagen zur Mühle hinauf. Kannst du denn dort hinein?" „Ja, natürlich. Maria hat mir den Schlüssel gegeben."

Als die Marktbeschicker allmählich aufbrechen, räumen die Wiesheus alle Restwaren in zwei Kisten aus dicken Brettern. Dann bleibt Lonis Tante Maria auf der Ladefläche, heizt die nun als Holzofen erkennbare seltsame Vorrichtung an der Seite an, und schon kann sich Loni neben ihren Onkel setzen und ins Tal bringen lassen. Er erklärt ihr auf ihre Frage, dass dieser Lastwagen ein ,Holzvergaser' ist. Im waldreichen Lechtal die Möglichkeit, auch ohne anderen Kraftstoff zu fahren, der nämlich schon länger recht knapp ist.

Als sie auf das Gelände des Hofs der Familie Wiesheu einbiegen, kommen ihnen vier Kinder entgegen gerannt. Dahinter schaut eine hübsche stämmige Frau aus der Haustür, wohl Marias und Ludwigs Schwiegertochter. Der bestätigt das: „Das ist die Vroni, die Frau unseres Sohnes Hans. Der lebt und konnte uns zum Glück aus französischer Gefangenschaft einen Brief schreiben.

Hoffentlich kommt er bald nach Haus. Der Hof, seine Frau und vor allem die Kinder brauchen ihn." Auch diese Verwandte begrüßt Loni ausgesprochen herzlich.

Nach einem langen Erzählabend – die Kinder sind längst am Schlafen – fallen die Erwachsenen reichlich müde in ihre jeweiligen Betten. Am nächsten Tag nach der Stallarbeit spannt Vroni dann ein munteres Pony vor einen kleinen Wagen, bittet Loni zu sich auf das Fuhrwerk, und schon marschiert das kräftige Pferdchen entlang des Lechs bis in das enge Tal, in dem die Sailermühle unmittelbar unter dem Köhlerhof vor sich hin schlummert.

Korbinian

Loni ist ihrer hilfreichen Kutscherin von Herzen dankbar, denn allmählich – in der Mitte des nunmehr fünften Schwangerschaftsmonats – ist es nicht unangenehm, einige Anstrengungen weniger bewältigen zu müssen. Als das Wägelchen sodann wieder talwärts rumpelt, nimmt sie den Schlüssel aus der Tasche und öffnet die alte Haustür. Was wird sie vorfinden? Sie ist erstaunt. Außer einer Menge Staub und Spinnweben, die das Ganze etwas gruselig erscheinen lassen, ist noch alles genau so wie damals, als ihre Mutter mit ihr und den Schwestern nach München gezogen ist. Sogar der alte Putzeimer mit den groben Lappen und dem Schrubber steht noch an seinem Platz. Nun bricht die Loni hervor, die Sauberkeit gewohnt ist. Sofort füllt sie den Eimer am Bach, findet sogar in einer verschlossenen Flasche noch mehr als einen Liter brauchbarer Schmierseife, und schon geht's ans Werk.

Die Familie Wiesheu hat sie reichlich mit Lebensmitteln ausgestattet, so ist sie ohne Probleme sowohl für diesen

Abend als auch für den kommenden Morgen versorgt. Ihr letzter Versuch, alles sauber zu haben, gilt einer Schlafstatt. Das große Bett ihrer Eltern müsste immerhin frisch bezogen werden. Mäuse waren zum Glück keine im Bettzeug gewesen! Sie erinnert sich jetzt an die Wäschetruhe, in der früher alle Bettbezüge staubfrei gelagert werden konnten. Fast blütenweiß kann sie nun das Bett frisch machen. Fröhlich legt sie sich dann bei einbrechender Dunkelheit zum Schlafen nieder. Daheim!

Nach ihrem bescheidenen Frühstück am nächsten Tag schaut sie sich zuerst einmal den Garten an. Der ist zwar ziemlich verwildert, aber irgendwer muss da schon immer einmal gewerkelt haben. Sie ist erstaunt, sieht nun aber, dass auch dieser Bereich durchaus zu bewältigen ist. Als Letztes möchte sie den Zustand der Mühlenmechanik prüfen. Innerhalb des Gebäudes hatte sie am Vortag nur zu putzen, sonst sahen die Räder und Holzwellen gar nicht schlecht aus. Also geht sie nun zum Kupplungshebel, und verschiebt damit vorsichtig den alten Treibriemen über die Scheiben. Und, wunderbar, langsam aber störungsfrei beginnt sich die ganze Anlage zu drehen. Nach einigen Minuten ist die Geschwindigkeit erreicht, die Loni als genügend in Erinnerung ist.

Das Klappern der Mechanik klingt vertraut. Nun muss sie natürlich noch prüfen, ob alles in korrekter Bewegung ist, vor allem, ob sich der obere Mühlstein ordentlich dreht. Das tut er tatsächlich, also ist die ganze kleine Mühle noch immer funktionstüchtig. Nur der Riemen muss neu gefettet werden. Ob sich heute Geld mit der Mühle verdienen lässt? Loni geht zum Kupplungshebel zurück und schiebt den Riemen wieder zur Seite. Sie weiß, was sie wissen wollte.

Nach dem Stand der Sonne schätzt sie, dass es etwa zehn Uhr am Morgen ist. Die Familie Köhler im Hof etwa hundertfünfzig Meter talaufwärts dürfte mit der Stallarbeit längst fertig sein. Zumindest die Hausfrau sollte also anzutreffen sein. Mit dem klaren Bachwasser und den sehr bescheidenen Mitteln, die ihr zur Verfügung sind, hat sich Loni ein bisschen hübsch gemacht. So geht sie nun hinauf, um nun mal „Guten Tag" zu sagen. Durch das Küchenfenster sieht die Bubenmutter Hermine Köhler sie kommen – und erkennt sie sofort. Sie kommt eilig aus dem Haus und schließt Loni herzlich in die Arme.

„Und Maria hatte solche Angst, auch dich gebe es nicht mehr. Aber du lebst, siehst gar nicht so schlecht aus und kriegst sogar ein Kind. Nun komm mit herein und erzähle Peter und mir, was du erlebt hast, woher du jetzt kommst, und wie du dir deine Zukunft vorstellst." Loni fühlt sich allmählich wieder richtig daheim. Die vertraute Mundart, die alte Herzlichkeit sowie die zahlreichen Kindheitserinnerungen! Alles, was sie jetzt den Eltern Köhler erzählen muss, ist erstaunlich blass geworden im Behagen dieses Gefühls, gewissermaßen in der Zukunft angekommen zu sein.

Also geht sie fröhlich mit ins Haus, wo Vater Peter etwas betreibt, was angesichts der unklaren Zukunft nach dem Zusammenbruch des „Dritten Reichs" irgendwie seltsam anmutet. Er bringt seine Buchführung auf den aktuellen Stand. Das bedeutet bei ihm, dass er zwei Kontobücher führt. Eines mit Ernteergebnissen, Viehbestand und anderen Gewichten und Maßen der erwirtschafteten Güter, ein zweites sogar als eine Art Finanzbuch. Loni erinnert sich. Eine ähnliche Methode hatte auch Hinrich am Deich, den Überblick zu behalten. Tüchtige Bauern, alle beide.

Peter packt sofort seine Schreibsachen vom Tisch, auch er hat Loni sofort erkannt. Die muss sich nun mit Hermine zu ihm setzen und über ihre mehr als zehn Jahre ordentlich Auskunft geben, seit ihre Mutter mit den Mädchen nach München gezogen war. Darin hat sie nun schon einige Routine. Besonders der Verlust ihres Gerold und die Fehlgeburt sowie die Ereignisse im KZ bewegen ihre Zuhörer sehr. Plötzlich bemerkt Hermine, dass es allerhöchste Zeit ist, ihre Essensvorbereitungen zu vollenden. „Komm, Loni, mit in die Küche. Wir machen uns was Ordentliches zu Mittag. Du bleibst hier, isst mit uns, und dann besprechen wir, wie es weitergeht."

In der Küche erkundigt sich Loni nun nach dem Verbleib der vier Köhlerbuben. Jetzt wird Hermine bitterernst. „Der Seppi lebt gar nicht mehr, der ist an der Ostfront gefallen, nachdem er 1941 hat Soldat werden müssen. Der war ja nur drei Wochen jünger als du. Der Loisl wurde noch 1944 eingezogen. Wenigstens wissen wir, wo er ist. Der ist in Kempten Kriegsgefangener, konnte uns aber schreiben, dass er bald entlassen wird. Er muss nur noch dort aufräumen helfen. Unser Jüngster, der Nachzügler Hansl, wird gleich mit uns essen. Der ist ja erst vierzehn Jahre alt und noch kein Soldat geworden. Aber was er werden möchte, steht bei ihm schon fest: Zimmermann. Nur über Korbinian wissen wir gar nichts." Sie seufzt.

„Und auf den hatte ich mich besonders gefreut. Das war mein allerengster Freund in den Kinderjahren hier im Tälchen. Ohne ihn hätte ich die Probleme mit unserer harten Mutter nie so gut ausgehalten. In München nachher ging gar nichts mehr." „Naja", Hermine denkt praktisch, „jetzt richte dich in der Mühle erst mal ein. In den nächsten Tagen kommst du zum Mittagessen immer zu uns. Zumindest, bis du deinen Garten einigermaßen in Ordnung hast. Und um euer Erbe musst du dich auch irgendwann kümmern. Jetzt aber nicht, das Amtsgericht hat bisher noch geschlossen, die Amis haben den Gerichtsdirektor und zwei weitere Richter verhaftet. Die alten Kerle waren ja bekannte Nazis!"

Peter hat auch ein praktisches Angebot: „Wir haben einen Junghahn, der gegen seinen Vater aufbegehrt. Ehe der den Alten umbringt, bekommst du den. Und vom Bertl Hofer aus dem Lechtal besorge ich dir gleich noch vier oder fünf Junghühner. Dann hast du schon einen Anfang." Loni ist ganz gerührt von dieser Fürsorge. Am Nachmittag geht's dann im Garten frisch ans Werk.

Die Woche verläuft wie geplant. Die Mahlzeiten bei Köhlers dauern immer ein bisschen länger als üblich, es gibt so Vieles zu erzählen. Vor allem der Hansl fragt und fragt und fragt. Mit Loni begegnet dem Bergbauernbub die große weite Welt. Am Sonntag ist es dann so warm geworden, dass die vier das Mittagessen am schweren

Tisch vor der Haustür einnehmen können. Peter und Loni sitzen mit dem Rücken zur Hauswand, Hermine und Hans mit dem Rücken zum Talweg. Plötzlich fragt Hansl „Hört ihr das? Da kommt ein Motorrad." Und schon sehen Peter und Loni einen Motorradfahrer, der an der Mühle vorbei dem Köhlerhof zustrebt.

Und dann ein Aufschrei Hermines: „Korbinian!" Und auch Peter und Hans erkennen ihn sofort, obwohl er ziemlich verwahrlost aussieht mit seinem ungewohnten kurzen Bart. Hermine stürzt ihm entgegen und hätte ihn fast umgerannt. Er aber ist geistesgegenwärtig genug, rechtzeitig von der gerade abgestellten Maschine zu springen. Die Eltern drücken ihren bislang vermissten Ältesten, Hansl indessen interessiert sich mehr für das Motorrad. Und Loni bleibt brav auf der Bank sitzen. Sie schaut nun erst einmal, wie sich das hier alles jetzt entwickelt. Hermine schiebt ihren Großen auf die Bank dahin, wo Hansl gesessen hat und fragt: „Hast du schon was gegessen?" „Heute noch gar nichts." „Ach, Loni, sei so lieb, und hol noch ein Gedeck, genug zu essen ist ja hier, genügend Apfelmost zum Trinken auch, und so werden wir den Bub ordentlich satt kriegen."

Verblüfft nimmt Korbinian erst jetzt richtig wahr, dass da noch jemand sitzt. Seine Mutter nannte sie Loni, und er erkennt sofort, das ist seine Kinderfreundin, von der er immer mal träumt - und sich in die Kindheit zurück. Das macht ihn so neugierig, zumal er ihre Schwangerschaft sofort erkennt, dass er sie direkt bittet: „Wenn du wieder hier sitzt, erzähl mir, wie es dir geht. Danach werde ich anfangen zu berichten, das wird reichlich Zeit brauchen."
Während Loni in der Küche das Gedeck zusammenstellt, legt sie sich blitzschnell einen Kurzbericht zurecht. Ausführlich kann der Freund ihr Dasein auch später noch kennen lernen. Also sagt sie draußen:

„Ich war in einem KZ inhaftiert, warum, erfährst du später. Dort wurde ich gezwungen, als Lagerhure zu arbeiten und habe dabei eine Schwangerschaft eingefangen. Nun trage ich das Kind aus, weil es meins ist und nicht verloren gehen soll. Jetzt wohne ich wieder in der Mühle." Korbinian nickt. „Dass da wieder Leben drin ist, habe ich im Vorbeifahren gesehen. So, jetzt lasst mich in Ruhe essen. Dann berichte ich euch, was seit 1939, als ich eingezogen worden bin, alles geschehen ist. Mama und Papa, ihr wisst ja Einiges, aber das Wichtigste musste ich immer verschweigen. Heute ist Sonntag, heute ist Zeit, heute muss es raus! Damit ich besser damit leben kann." Und schon greift er so zu, dass schließlich nichts mehr in den Schüsseln bleibt. Hat der einen Hunger!

Anschließend wandern die fünf bis zum Waldrand und setzen sich behaglich im Schatten auf den Waldboden. Korbinian hält sein Versprechen. „Dass ich nach der Musterung gleich in die ‚Erste Gebirgs-Division des Heeres der deutschen Wehrmacht' kam, wisst ihr Eltern ja. Dieser Gebirgsverband wurde im Laufe des Kriegs beim Überfall auf Polen, beim Westfeldzug, in Griechenland, im Balkanfeldzug, im Krieg gegen die Sowjetunion und ab 1943 zum Partisanenkampf – erneut auf dem Balkan – eingesetzt. Unsere Division wurde auch ‚Edelweiß-Division' und von Adolf Hitler als ‚seine

Garde-Division' bezeichnet. Was ihr nicht wissen dürftet, nicht alle Kompanien waren an all diesen Aktionen beteiligt. Als wir aus der Sowjetunion zurück kommandiert wurden, hat die Heeresleitung unsere Kompanie ausgegliedert und als Sonder-Wach-Einheit auf den Obersalzberg bei Berchtesgaden kommandiert. Göring und Speer wollten Hitler sicherlich eine Freude machen und Himmler damit ärgern, dass nicht nur SS-Einheiten dort als Wache eingesetzt wurden.

Der Obersalzberg war wohl bewusst als Ort gewählt, um vor dieser großartigen Bergkulisse einen natur- und volksnah wirkenden Führer in Szene zu setzen. Er ließ sich gern fotografieren, wenn er mit dem Hund spazieren ging, blonde Kinderköpfe tätschelte oder leutselig Hände der Bevölkerung schüttelte, die in großen Massen nahe zum Berghof heran pilgerte, wenn er da war. Und das war er oft, mit dem ganzen engen Führungsstab, aber außer zu Fototerminen nur innerhalb des Zauns, mit dem das Führersperrgebiet komplett abgeriegelt war. In schönster Bergpanoramakulisse hat sich auch die NS-

Führung ihre Ferienhäuser in Hitlers Nähe bauen lassen. Um das Gebiet dazu neu zu gestalten, waren nahezu alle rechtmäßigen Bewohner am Obersalzberg von der NSDAP zum Verkauf genötigt oder sogar enteignet und ihre Höfe weitgehend abgerissen worden. Neben Adolf Hitler besaßen dann bald auch Hermann Göring, Martin Bormann und Albert Speer hier ihre Ferienhäuser.

Der dicke Göring hatte durchaus richtig eingeschätzt, dass für hohe Besucher der Hitlervilla unsere Einheit angenehmer zu erleben war als die SS. Hitler freute sich darüber. Auf dem schwer zugänglichen Obersalzberg auf rund 1000 Metern galt es ja als besondere Auszeichnung, von Hitler selbst oder der inoffiziellen Hausherrin Eva Braun privat empfangen zu werden. Der zur repräsentativen Residenz ausgebaute Berghof hatte in der großen Halle ein Panoramafenster, das mit 32 Quadratmetern nicht nur extrem groß war, sondern auch komplett im Boden versenkt werden konnte, um direkt in dieser eindrucksvollen Landschaft sitzen zu können."

Peter staunt: „Von diesem ganzen Prunk und Protz hat das Volk ja gar nichts gewusst." „Klar, das hätte die einfacheren Leute gewaltig zornig gemacht. Und bei uns Kameraden hieß es eindeutig: ‚Maul halten, sonst wirst du erschossen.' Aber das Heftigste kommt noch. Von 1943 an wurde der Obersalzberg aufgebuddelt wie ein Kaninchenbau. Hitler, Bormann und Göring ließen sich je eigene, aber miteinander verbundene Luftschutzbunker bauen, in die alles eingebaut wurde, was zum Überleben und zu Kontakten nach außen notwendig war.

Der Führerbunker war natürlich der größte: 614 Meter Gänge, 19 Kavernen, mit Privaträumen für Hitler, seine Gefährtin Eva Braun, den Leibarzt Dr. Morell, seinen Diener, mit eigener Küche, Telefonzentrale, Privatarchiv, Operationsraum, Hundezwinger; alles mit Gasschleusen und Maschinengewehren gesichert. Fünfundsechzig Marmorstufen führten von der Rückwand des Berghofes in den Bunker, zwei Notausgänge gab's und einige Verbindungstunnel. Und jetzt die Schweinerei. Als der Krieg verloren war, also lange vor der Kapitulation, wurde von der SS Hitlers Domizil gesprengt. Und wir, die Wachkompanie der Gebirgseinheiten, wurden – zu unserem großen Glück – verjagt. Wir waren schon unterwegs, als die Alliierten schlussendlich am 25. April das Areal flächendeckend bombardierten.

Wie wir unterwegs waren, war schon recht unverschämt. Unser Kompaniechef hat uns in und auf alle Fahrzeuge steigen lassen, die wir erwischen konnten. Ich habe ein SS-Melder-Motorrad geklaut. Und in oder auf den Kisten sollten wir machen, dass wir heim kommen, hat unser Major angeordnet. Er selbst muss nach Oberstaufen, vierzehn andere auch in diese Gegend im Allgäu. Die sind mit drei Kübelwagen los. Ich habe mich zuerst einige Tage in verschiedenen Alpenregionen versteckt, bevor ich nun heute heim gekommen bin. Drei Familien haben mir Benzin geschenkt. Und jetzt die besondere Freude, dass auch du da bist, Loni."

Hansl fragt nun seinen großen Bruder: „Wo hast du denn die SS-Symbole gelassen, die doch an diesen

Motorrädern immer angebracht sind?" „Ach, Brüderlein, das war ganz einfach. Das auf dem vorderen Schutzblech habe ich einfach abgeschraubt. Und die beiden links und rechts auf dem Tank ließen sich abkratzen. Nur das kleine auf dem Nummernschild musste ich mit Dreck verschmieren. Das kommt hier weg, ich muss die Maschine ja neu anmelden. Witzig ist, dass die Zulassungspapiere in der Ledertasche auf dem Tank dabei sind." Loni hat sofort einen Plan: „Könntest du mich mit nach Reutte nehmen, wenn du das Motorrad ummeldest? Ich muss das Erbe der Mühle regeln. Aber vorher sollten wir uns beide im Dorf unten beim Bürgermeister polizeilich anmelden. Erst dann geht ja alles Andere, wenn das Gericht wieder offen ist."

Sie weiß selbst nicht so recht, was gerade in ihr vorgeht. Aber Korbinians Rückkehr macht ihr ihre eigene zur nunmehr vollständigen Heimkehr. Nun wandern die fünf in Ruhe zurück zum Hof. Korbinian will sich erst einmal ordentlich rasieren und waschen, was Ziviles anziehen und dann schauen, wie er seinen Eltern schon ein bisschen helfen kann. Loni verabschiedet sich. Sie will sich jetzt den „Bürokasten" ihrer Mutter vornehmen. Das ist eine kleine Truhe mit Tragegriffen, ähnlich den Wäschetruhen, in denen die Bettwäsche so schön geschützt aufbewahrt ist. Und siehe da, in dieser Truhe finden sich alle die Urkunden, die sie in Reutte wird brauchen können. Beispiel: ein Testament ihrer Eltern, die sich gegenseitig zu Alleinerben eingesetzt haben und die Kinder zu Nacherben. Ein Grundbuchauszug zeigt, noch scheinen ihre Eltern gemeinsam als Eigentümer der Mühle notiert zu sein. Da gibt's Einiges zu tun.

Sie packt alle diese Unterlagen sogfältig und behutsam in die Aktentasche, die ihre Schwester Maria ihr mitgegeben hat. Dann richtet sie ihr bescheidenes Abendessen und setzt sich – noch ist es warm genug – auf die Bank vor ihrer Haustür an den alten Holztisch. Gerade hat sie den letzten Bissen mit einem kräftigen Schluck Wasser herunter gespült, kommt ein völlig neu gestalteter Korbinian den Weg herunter. Frisch rasiert, völlig gesäubert und in traditioneller Lederhosenkleidung mit kariertem Flanellhemd. „Darf ich dir ein bisschen Gesellschaft leisten? Ich bin doch sehr gespannt zu erfahren, was alles du erlebt hast." „Warte, erst räume ich hier ab, bringe dir, wenn du möchtest, auch ein Glas Wasser mit, und dann berichte ich dir gern ganz ausführlich alles, was ich durchgemacht habe."

Und so wird es dann auch. Loni ist selbst erstaunt, wie offen sie Korbinian berichten kann, was alles geschehen ist, auch – ohne jede Scham – von den Verhältnissen zu Enno, ihrem gefallenen Fast-Ehemann Gerold, dem Verlust seines Kindes, der seltsamen Beziehung zu Tymon und dann von der Zweckbeziehung zum Erzeuger ihres Kindes. Die Schilderung der KZ-Zeit erschüttert Korbinian ganz besonders. Er schaut sie versonnen an, dann bricht es aus ihm heraus: „Du glaubst gar nicht, was für ein schlechtes Gewissen ich habe. Durch alles, was wir auf dem Obersalzberg erlebt und gehört haben, war unsere ganze Kompanie längst über viele Kriegsverbrechen und auch innerdeutsche Verbrechen an der Menschlichkeit durch die böse

Führerclique intensiv informiert. Und was haben wir gemacht? Ungläubig gestaunt zuerst, dann uns hilflos weggeduckt und irgendwie versucht, den eigenen inneren Frieden wie auch die nackte Existenz zu retten. Unser Major hat als Devise ausgegeben: ‚Lasst uns über das alles schweigen und einfach unsere Arbeit tun.' Das war dann alles."

Loni nickt. Ganz ähnlich hat sie den Arzt Joachim nach der ihn so betroffen machenden Führerrede erlebt. Zwar mit dem Regime zerfallen, aber doch schweigsamer gehorsamer Befehlsempfänger. „Wie vielen Menschen mag es so gegangen sein wie euch? Und die meisten haben es gar nicht wahrgenommen." Sie rutscht ganz nah an Korbinian heran, legt ihm ihren Kopf an die Schulter und seufzt. „Wir beide müssen ganz von vorne anfangen, sonst werden wir mit dem Allem niemals fertig." Und schon legt ihr der kräftige Mann wie zum Schutz den Arm um die Schulter, beugt sich zu ihr hin – und küsst sie auf den Mund.

Sofort ist es, als wären sie nie getrennt gewesen. Die einstige Kinderliebe ist spontan zur einer heftigen Erwachsenenliebe geworden. Der Kuss will kein Ende nehmen. Doch irgendwann müssen beide Luft holen. Korbinian ist über sich selbst erstaunt. „Damit hätte ich nun gar nicht gerechnet. Loni, ich, der noch nie was mit einer Frau hatte, nur unser zartes Kinderstreicheln in glücklicher Erinnerung in mir verschlossen gehalten habe, ich liebe dich. Und wie ich dich liebe." „Ich habe meine Liebe zu dir gleich gespürt, als du mir oben vor dem Hof gegenüber gesessen bist. Ist das nicht verrückt?" „Und verrückt bin ich nach dir. Ich wusste gar nicht, wie sich das anfühlt."

Loni kennt diese Gefühle ganz genau. Sie lacht. „Also bleibst du jetzt gleich hier und heute Nacht bei mir. Dann weißt du morgen früh ganz genau, wie sich das alles anfühlt." „Stört das dich denn nicht, dass du schwanger bist?" „Ach was! Du wirst schon sehen, dass mein Zustand kein Problem darstellt. Eher das Gegenteil." Nun wird es Zeit, ins Haus zu gehen. „Wie benachrichtigst du denn jetzt deine Eltern?" Loni ist wie immer für Ordnung. Nun lacht Korbinian: „Gar nicht, die werden sich ihr Teil denken. Und morgen früh gehen wir einfach zusammen hinauf. Ich denke, jetzt gibt es eine Menge zu besprechen."

Obwohl es noch recht früh am Abend ist, wird nun dringend Lonis großes Bett benötigt. Und Korbinian erlebt die beste Lehrmeisterin, die er sich wünschen kann. Als sie schließlich entspannt und glücklich einander in den Armen liegen, fängt Korbinian plötzlich an, ein bisschen albern zu kichern. „Es ist ja völlig grotesk, aber jetzt habe ich plötzlich das Gefühl, WIR werden Eltern. Ab sofort ist dein Kind auch mein Kind!"

Und – sieh an – schon ist er, sichtlich sehr zufrieden, eingeschlafen. Loni indessen liegt noch länger wach. Jetzt ist das kein Verhältnis der Zweckmäßigkeit, jetzt ist das echte Liebe, wie damals mit Gerold. Und vor ihr entfaltet sich eine Zukunft für ihr Kind - und für sie selbst als Bäuerin. Was Anderes hätte sie sowieso nie werden wollen. Also schläft auch sie zufrieden ein. Entsprechend früh sind beide wieder wach und nutzen die Morgenfrühe noch ordentlich für Zärtlichkeit. Für Korbinian völlig neue Erlebnisse, und er genießt. Schließlich treibt Loni beide aus dem Bett. Das Frühstück mit Obst und Karotten, was Anderes hat sie noch nicht, ist gar nicht so schlecht. Dann brechen sie auf zum Köhlerhof.

Hermine ist in der Küche am Werk und Peter im Stall, die sechs Kühe zu melken. Zur Mutter geht es zuerst. Sie schaut nur kurz zu den Beiden, arbeitet weiter und sagt: „Das ging aber schnell, mein Großer." „Da hast du wohl recht. Aber da ist nichts zu machen, jetzt bekommt ihr gleich zwei Generationen neu ins Haus." „Loni, willst du das denn auch?" „Nichts lieber als das. Mein Kind hat nun einen Vater, ihr bekommt eine Schwiegertochter und ein Enkelkind, und ich die beste Zukunft, die ich mir nach all dem vorherigen Elend nur wünschen kann." Sogleich gehen Loni und Korbinian daraufhin in den Viehstall. Vater Peter dreht den Kopf ein wenig, schmunzelt und meint: „Bub, ihr seid ja noch schneller, als vor Jahren deine Mutter und ich. Wir haben uns beim Tanzen auf dem Kirchplatz wiedergesehen, fünf Jahre nach dem Ende unserer gemeinsamen Schulzeit. Ich war sofort in das Herminchen verknallt. Wir haben uns verabredet. Am Wochenende darauf habe ich erfolgreich bei ihr gefensterlt. Der Erfolg heißt Korbinian."

Lachend nimmt er dann den Melkeimer und den Schemel und meint: „Loni, du kannst ja, wie du erzählt hast, sehr gut melken. Also bin ich diese Aufgabe bald los." Als er die Milch in die Kanne gesiebt hat, nimmt er sie dann in den Arm. „Dass du einst zu uns gehören wirst, habe ich mir schon vor mehr als einem Dutzend Jahren gedacht. Ich habe euch beide nämlich mal unabsichtlich oben am Teich beobachtet. Bei spielerischen Vorübungen für ein langes gemeinsames Leben." Korbinian schüttelt ungläubig den Kopf. „Da hast du nichts gesagt?" „Warum hätte ich das tun sollen? Ich hab dir das Mädel schon damals gegönnt. Und als ich es Mutter erzählt habe, hat sie nur gelacht: Wie der Vater so der Sohn."

An den nächsten Tagen geschieht nun eine ganze Menge. Im Kirchdorf wird beim Bürgermeister, der auch Standesbeamter ist, das Aufgebot bestellt. Auch beim alten Pfarrer Wagener wird für den entsprechenden Tag ein Termin vereinbart und sofort das notwendige Brautgespräch geführt. Der geht davon aus, dass Lonis Kind ein Fronturlaubskind ist, wie er solche in letzter Zeit oft erlebt. In diesen Zeiten wundert den erfahrenen Priester gar nichts mehr. Dann konnte Korbinian erfahren, dass es in Reutte im Gericht wieder läuft. Also packt er seine Loni samt Aktentasche auf den Sozius des Motorrads und fährt dorthin. Im Nachlassgericht regeln sie die Mühlen-Erbangelegenheiten und im Kreishaus die Ummeldung des Motorrads auf Korbinian.

Noch passt Loni hinter ihn auf das Motorrad, aber bald wird es wohl für alle drei ein bisschen eng. Das nehmen beide zum Anlass, schleunigst die Dorfhebamme zu besuchen. Die hat schon die beiden jungen Leute zur Welt bringen helfen, ist mit ihren Familien entsprechend vertraut und schimpft ein bisschen mit Loni, dass sie

176

jetzt erst kommt. Nun muss sie die Umstände dieser anderen Umstände erfahren. Die alte Veronika ist reichlich entsetzt und verspricht jede Hilfe. Auf Lonis Frage: „Wie kommst du denn zu uns hinauf?" lacht sie vergnügt. „Meine kleine Ponykutsche tut's noch immer. Nur das Pony ist ein noch recht junges. Aber sehr brav. Nächste Woche bin ich bei euch und richte mit euch schon alles vor. Schaden kann's nicht, und nützen sollte es besser nicht. Aber wo du schon eine Fehlgeburt hattest!" „Nein, das war eine Katastrophen-Situation. Heute geht's mir gut."

Loni und Korbinian sind inzwischen im Hof eingezogen. Hermine hat mit Hilfe ihrer Männer tüchtig umgeräumt. Sie und Peter sind in das gemütliche „Aushaltzimmer" für die jeweils alte Generation umgezogen und haben ihre große Schlafstube ihrem als Hoferben vorgesehenen Ältesten und seiner Liebsten gerne überlassen. In diesem Bett sind schon Generationen von Köhlerkindern geboren, da soll das kommende nun auch das Licht der Welt erblicken.

Der 24. Juni 1945 ist der bisher heißeste Tag des ersten Nachkriegssommers. Morgens wandert die ganze Familie Köhler zum Standesamt. Und nach dem Mittagessen geht es in die Kirche. Loni hätte gerne Maria und Fredl dabei gehabt, aber die können sie noch gar nicht erreichen. Also wurde die ganze hilfreiche Verwandtschaft Wiesheu vom Käsehof feierlich geladen, die auch fröhlich an der Trauung teilnimmt. Hansl ist traurig, dass sein Bruder Loisl, der Alois, der dritte Sohn der Familie, nicht dabei sein kann. Aber wie seine Eltern weiß er nicht, dass Korbinian diesen Bruder längst ausfindig gemacht hat. Aus Gefangenschaft entlassen und bei einer der Töchter einer Hanfwerkbetreiberfamilie vor Anker gegangen. Die Hochzeitsüberraschung!

Der Loisl muss sich ein kleines Donnerwetter aus dem Mund seiner letztlich beglückten Mutter anhören. Eigentlich hätte er sich ja schon mal melden können. Aber als er dann kurz berichtet, dass die Erika, bei der er nun gelandet ist, als Krankenschwester im Lazarett gearbeitet hatte, in dem er einige Tage wegen einer harmlosen Verwundung untergebracht war, und sie schon da einander versprochen hatten, sich nach dem Krieg zu suchen, sieht Mutter ein, das habe zuerst passieren müssen. Eine Füssenerin, ein Glücksfall. Und Alois hat schon eine Ausbildungsstelle als Seilmacher bei ihrem Vater. Was will man mehr? Zudem gefällt allen in der Familie die Neue durchaus.

Peter und Paul

Auf dem Köhlerhof ist die Neuorganisation gar kein Problem. Absprachen über die Arbeit gelingen, und ein bisschen Sich-Kümmern um die alte Mühle gelingt auch. Am 4. Oktober 1945 kommt dann ein gesunder Bub zur Welt, der die Welt mit ordentlichem Gebrüll begrüßt. Loni hat ihren Mann davon überzeugen können, dass ein Bub, sofern es denn einer werde, den Vornamen ihres Schwiegervaters erhalten solle. Und so meldet er beim Standesbeamten einen Peter Köhler II. an. Eine glückliche kleine Familie ist entstanden.

So manche Anlaufschwierigkeiten der Nachkriegszeit gehen an diesem Seitental des Lech ziemlich ohne besondere Folgen vorüber. Die Selbstversorgung ist gesichert, und einiges lässt sich vermarkten. Sogar die Mühle bringt auf einmal auch wieder Geld ein. Und das gar nicht so knapp, denn die Getreidebauern aus dem Lechtal freuen sich über die kurzen Wege. Eine Bäckerei in Reutte kauft den Bauern begeistert das Mehl ab und beliefert damit auch noch andere Bäckereien im Land. Das System läuft problemlos. Nur das Geld verliert allmählich an Wert. Österreichische Nachkriegsinflation!

Problemlos trägt Loni ab etwa einem guten Jahr nach Peters Geburt ein weiteres Kind aus. Am 12. September 1947 kommt dann wieder ein gesunder Bub zur Welt. Jetzt sucht Korbinian den Namen aus. Paul wird das Bürschlein heißen. Hansl erlernt mit Eifer den gewünschten Beruf Zimmermann, Loisl ist in den Hanfbetrieb eingeheiratet und auch Vater geworden, und aus München sind längst sowohl die Nachricht von Marias Heirat als auch von der Geburt einer stammen Tochter eingetroffen. Die beiden Sailertöchter sind im bürgerlichen Leben vollumfänglich verankert. Ganz schön wundersam angesichts ihrer Lebensgeschichten.

Die beiden kleinen Köhlerbuben entwickeln sich prächtig. Stolz widmet der Großvater den kleinen Kerlen viel Zeit. Da wachsen nun zwei Nachkriegskinder heran, die mit den typischen Stadtkindern dieser Zeit kaum vergleichbar sind. Das Münchener Cousinchen Vroni muss sich in Trümmern, Provisorien und Aufbauarbeiten zurechtfinden. Spielkameraden findet es zum Glück in der Nachbarschaft. Spielsachen sind meistens Schutt oder notdürftig gebastelte Dinge. Ganz anders Peter und Paul. Da gibt es zwar keine direkten Nachbarskinder, aber die ländliche Umgebung ist besser als jeder Spielplatz. Alleine die Haustiere, von der Katze bis zu den Kühen, dazu die Vogel- und Kleintierwelt des Bachtals, alles das ist eine Welt, die den Buben Anreiz zu allerlei Beschäftigung und sehr viel Lernstoff bietet.

Für die Münchener Vroni, die eigentlich Veronika genannt wurde, verbessert sich die Lage allmählich. Zum einen bekommt sie in den folgenden Jahren noch drei Geschwisterchen, zwei Buben und ein weiteres Mädchen. Zum Anderen ist der Wiederaufbau der Großstadt in schwindelerregender Geschwindigkeit im Gange. Das „Wirtschaftswunder" beginnt, intensiv gefördert von der amerikanischen Besatzungsmacht.

Und Marias Bierschänke entwickelt sich zu einer kleinen Goldgrube, sodass sogar ein Wohnhausneubau gelingt.

Peter und Paul bekommen keine Geschwister mehr. Loni und Korbinian sind darüber zuerst ein bisschen traurig, geben sich dann aber dankbar mit ihren beiden Buben zufrieden. Und deren Heranwachsen entwickelt sich zu einer ganz besonderen Herausforderung. Peter ist der Denker. Oft sitzt er versonnen am Waldrand, beobachtet den Bachlauf, die Fische, die Waldtiere und seine Eltern und Großeltern bei der Hofarbeit. Paul ist hingegen der Macher. Schon bevor er zur Schule kommt, hat er melken gelernt, weiß, wie die Mühle arbeitet und hilft seinem Vater bei der Pflege zuerst des Motorrads, dann des ersten Autos der Familie.

Auch in der Schule läuft es sehr unterschiedlich. Peter ist wissbegierig, fleißig und zuverlässig. Und schon nach wenigen Wochen der beste Schüler der ganzen kleinen Dorfschule. Paul wird zwar auch kein schlechter Schüler, das aber mit nur geringem geistigem Aufwand. Was praktischen Verstand braucht, begreift er sofort; was ihm zu fern ist, lässt er an sich vorüber rauschen. Der Dorflehrer Mayr hat an den beiden seine helle Freude.

Es ist dann auch kein Wunder, dass sich die Eltern Gedanken machen müssen, wie sie ihren Großen in eine fortbildende Schule bringen können, am besten wohl in ein Gymnasium. Da bietet sich das in Reutte natürlich an. Aber wie dorthin kommen? Loni erfährt im Dorf, dass sich gerade eine Lechtal-Omnibuslinie im Aufbau befindet, die aus Warth im Land Vorarlberg nach Reutte Verbindung schaffen soll. Die ist auch rechtzeitig im Gange, also wird Peter Gymnasiast, pilgert eifrig Schultag für Schultag den alten Pfad hinunter ins Kirchdorf und steigt in den Bus. Paul, der eigentlich erheblich später losgehen müsste, begleitet seinen Bruder. Er wartet dann in der Halle der Zimmerei, in der sein Onkel Hans arbeitet, bis zum Schulbeginn. Und lernt dabei einfach durch Zusehen eine ganze Menge Fertigkeiten dieses Holzbauberufs. Seinem Großvater erklärt er: „Wenn ich dann hier der Bauer bin, brauche ich keine Handwerker. Bald kann ich alles selbst."

Beiden Buben ist es längst selbstverständlich, dass nicht Peter der Bauer werden wird, sondern Paul. Das ist in der Gegend zwar ungewöhnlich, steht aber auch für Loni und Korbinian angesichts der jeweiligen Interessen und Fähigkeiten ihrer Söhne längst außer Frage. Gerade als Paul 1958 aus der Grundschulzeit in die Hauptschulzeit wechselt, aber im Dorf bleiben kann, eröffnet sich für die Eltern ein völlig neuer unerwarteter Erwerbszweig. Die bisher leere Wohnung der Mühle, deren Rentabilität und damit Dauerbetrieb gerade zu Ende geht, wird ein bisschen aufgemöbelt, mit einer eingebauten Nasszelle auch für Anspruchsvollere interessant gestaltet und über eine Vereinigung diverser Ferienwohnungsvermieter ab Juni erfolgreich und gewinnbringend an Urlauber vermietet. Und die Mühle wird zur Schaumühle, die zu in der ganzen Region veröffentlichten Zeiten in Betrieb genommen wird. Loni hat das perfekt organisiert, und Paul hilft ihr jeweils bei den Vorführungen des alten

Wassermühlenwerks. Der Tourismus setzt ein, und das kleine Seitental des Lech ist bestens dafür geeignet.

Schon bevor die Buben eingeschult worden sind, haben ihre Eltern eine wichtige Entscheidung getroffen. Wie einst Korbinian haben sie ja keine Schwestern. Also nehmen Loni und Korbinian an warmen Sommertagen die beiden Kerlchen, steigen mit ihnen zum oberen Teich über den einst von ihnen beiden geschaffenen Weg hinauf, entkleiden sich und ihre Söhne vollständig und gehen, wie sie früher als Kinder, gemeinsam mit den ihren baden. So lernen die kleinen Burschen schon früh hervorragend schwimmen und ganz selbstverständlich nebenbei, wie sich die Geschlechter voneinander unterscheiden. Aufkommende Fragen werden beim Trocknen in der Sonne ausführlich besprochen.

So ist es dann auch problemlos möglich, Peter damit vertraut zu machen, dass er zwei Väter hat. Seinen geliebten Papa und einen unerreichbaren Erzeuger, der sicherlich ein böses Schicksal erleiden muss. Thema erledigt. Und zugleich die Erklärung dafür, dass sich er und Paul so stark voneinander unterscheiden. Sowohl im Aussehen als auch in ihrer jeweiligen Art, sich zu geben.

Noch bevor Peter sein hervorragendes Abitur besteht, haben seine Eltern neben der Mühle ein stilgetreues zweites Blockhaus errichten lassen, soweit möglich selbst mit Firnis gestrichen und ausgebaut, und damit vier weitere Ferienwohnungen im Angebot. Von der kleinen Landwirtschaft im beengten Tälchen könnten sie schon länger nicht mehr leben. Aber das touristische Angebot mit fünf Ferienwohnungen und der viel beachteten Museumsmühle ist im Handumdrehen ein ordentliches Geschäft. Auch mit vielen deutschen Gästen. Paul beginnt nach dem Ende seiner Volksschulzeit im offenen Land nahe Wangen eine landwirtschaftliche Lehre auf einem sehr großen Milcherzeugungsbetrieb. Da nun sowohl er als auch ein Jahr danach Peter nicht mehr zu Hause leben, sondern er im deutschen bäuerlichen Ausbildungsbetrieb und Peter – als Zivildienstleistender beim Roten Kreuz – in

Innsbruck, ist es für die vier Bewohner im Köhlerhof recht ruhig geworden. Peter Senior und Hermine sind nun beide 63 Jahre alt und froh, dass die Arbeit von vier Erwachsenen leicht zu bewältigen ist.

Korbinian kümmert sich um die Instandhaltung der Ferienwohnungen und der Mühle, deren einfache Technik er inzwischen genauso gut kennt wie Loni. Die hingegen verwaltet das ganze Kleinunternehmen und teilt sich mit ihrer Schwiegermutter die gesamte Haushaltsführung. Die wenigen noch verbliebenen landwirtschaftlichen Aufgaben erfüllen vorwiegend die beiden Männer. Loni aber melkt die vier Kühe.

Einige Wochen vor der Beendigung seines Zivildienstes kommt Peter für eine Tage Urlaub nach Hause. Er setzt seine Eltern vor vollendete Tatsachen: „Mit der Hilfe unseres Notarztes, dessen älterer Bruder seit dem Ende des Krieges Universitätsprofessor in Wien ist, habe ich dort sowohl einen Studienplatz in der Medizinischen Fakultät als auch eine klitzekleine Studentenwohnung zugesagt bekommen. Damit nicht alle Kosten an euch hängen bleiben, werde ich dort stundenweise beim Roten Kreuz arbeiten können. Die zahlen gar nicht so schlecht." Die Eltern sind zwar überrascht, aber mit dieser Entwicklung hochzufrieden.

Als sie am Abend zu Bett gehen, meint Korbinian: „Dass Peter den Beruf seines Erzeugers ergreifen will, ist eigentlich wunderschön. Und wie wir ihn kennen, macht er andere Sachen dieses Mannes bestimmt nicht nach. Höchstens die Zeugung von Nachwuchs, und das ist völlig in Ordnung." Und genau damit setzt sein kleiner Bruder Paul die Eltern ein Jahr später vor vollendete Tatsachen. Als er seine Gehilfenprüfung bestanden hat, kündigt er per Telefon an: „Wir kommen am Samstag zu euch, über die Zukunft zu sprechen. Ist eine Ferienwohnung frei? Sonst muss mein Bett für zwei reichen." Loni, die diese Ankündigung entgegen nimmt, fragt erstaunt: „Seit wann hast du denn eine Partnerschaft? Hast du uns ja nie erzählt." „Naja, das läuft schon einige Monate, aber jetzt wird's ernst. Und ich will ja daheim in den Betrieb einsteigen. Also kommen meine Inge und ich übers Wochenende ins Tälchen." „Ist recht, die Wohnung in der Mühle ist zufällig drei Nächte frei, trotz Hauptsaison. Also kommt mal schön, wir sind gespannt auf dein Mädchen." Der Bub wird in sechs Wochen erst zwanzig!

Plötzlich erinnert sich Loni. „Inge? So hieß doch die Jüngste seiner Ausbilderfamilie. So eine kleine hübsche Schwarzhaarige." „Ja, stimmt." Auch Korbinian erinnert sich wieder. „Die dürfte ziemlich genauso alt sein wie Paul." Und dann tuckert am Samstag gegen elf Uhr ein mausgrauer VW-Käfer das Talsträßchen aufwärts und stoppt vor dem Scheunentor. Am Steuer Paul. Und nebendran die wirklich bildhübsche Inge. Korbinian schmunzelt. „Wer eine schöne Mutter hat, sucht sich auch eine schöne Frau." Nach einer sofort sehr herzlichen Begrüßung will Korbinian wissen, seit wann Paul ein Auto hat. Der lacht. „Das ist das Auto meiner Inge. Die hat ihre Ausbildung in einem Hotel am Bodensee gemacht und ist, seit sie den Führerschein hatte, selbst hin- und hergefahren. Vorher hat ihre Mutter sie kutschiert." Nun gibt es viel zu berichten. Die jungen **Leute** kommen zuerst mit ihren Plänen. Sie wollen gerne so schnell als möglich ins Tälchen ziehen, in den „Ferien-auf-dem-Bauernhof"-Betrieb einsteigen und so auch Pauls Großeltern zum wohlverdienten Ruhestand verhelfen. Die haben sich Ähnliches erhofft. Und Paul stellt erleichtert fest, dass die beiden Altbauern sich gar nicht verdrängt fühlen, sondern, im Gegenteil, recht froh sind. Auf Pauls Rückkehr waren sie ja sowieso eingestellt.

Das große Bauernhaus muss aber doch um Einiges verändert werden. Aber die Pläne dafür sind in Lonis Kopf und anschließendem Gespräch mit Korbinian längst fertig, teilweise sogar schon umgesetzt. Das Thema ist schnell erledigt. Oma Hermine kann es nun nicht mehr abwarten. Sie möchte wissen, wie sich die beiden jungen Leute zusammengefunden haben. Inge erzählt. „Von Anfang an haben wir Geschwister uns mit dem neuen Lehrling gut vertragen, bald war er wie ein

Bruder für uns. Außer meinem ältesten Bruder, der ja nach einem Jahr der offizielle Ausbilder Pauls geworden war, und seiner Familie war dann ja schließlich nur noch ich zum Schlafen zu Haus. Und ganz, wenn ich frei hatte.

Dann ist vergangenes Jahr über Weihnachten mein Bruder Helmut mit Familie für zwei Wochen in Urlaub. Die ganze Hofarbeit mussten meine Eltern und Paul allein schaffen. Also half ich mit, wenn ich daheim war. Ich habe mich während dieser Tage plötzlich rettungslos in Paul verliebt. Wir waren uns ständig so nah. Dann hatte ich sogar vier Tage am Stück frei. Und wir beide mussten gemeinsam in der riesigen Scheune unsere Heuvorräte umschichten, um Selbstentzündungen zu vermeiden. Das Heu hat also nicht gebrannt, wir beide aber umso mehr. Am Abend habe ich ihn dann mit auf meine Stube genommen. Meine Eltern haben so getan, als ob sie nichts bemerkt hätten, hatten das aber sehr wohl. Und waren es durchaus zufrieden. Das war am 28. zum 29. Dezember. Und seitdem wohnt Paul mit in diesem Zimmer. Ende Februar hat mir mein Frauenarzt bestätigt, dass wir irgendwann im Januar Erfolg hatten. Österreichisch-deutsches Gemeinschaftsprodukt."

Paul ergänzt: „Wo Ostern dieses Jahr so früh ist, haben wir beide schon Mitte März unsere Gehilfenprüfungen bestanden. Jetzt wollen wir Ende April auf dem Hof von Inges Eltern unsere Hochzeit feiern, aber schon jetzt, Anfang des Monats, unseren kleinen Umzug erledigen."
Loni muss nun doch lachen. „Ihr seid schon lustig. Im Haus müssen wir ja dann einiges umgestalten. Aber die einfachste Idee dazu ist wohl folgende: Das gesamte Obergeschoss wird so aufgeteilt, dass wir vier Alten einen eigenen Seniorenbereich bekommen. Da wir gerade endlich unsere eigene Wasserleitung richtig am Laufen haben, ist nämlich bereits der Einbau von – Paul wird das kaum glauben – drei richtigen Badezimmern im Gang. Das alte Haus hat ja Platz ohne Ende, seitdem wir ein Stück des alten Scheunenteils in den Ausbau einbeziehen konnten. Wenn Ihr noch ein paar Wochen Vorläufigkeit ertragen könnt, bekommt ihr dann das

modernste Erdgeschoss im ganzen Lechtal." Vater Korbinian nickt versonnen. „Wir haben gut geschafft und auch ordentliche Handwerker gefunden. Geplant haben alles unsere lieben Damen, Oma Hermine und mein schlaues Weib." „Ach", Inge lächelt, „dann ist das bei euch wie bei uns daheim: Die Männer müssen tun, was sie tun müssen, und die Frauen sagen ihnen, was das ist." Herzliches Gelächter bestätigt ihr, dass sie damit wohl recht hat.

Der Besuch des Studenten Peter zur Hochzeit der beiden bringt eine weitere überraschende Neuigkeit. Er kommt nicht allein. Seine Begleiterin – und in Pauls altem Lehrlingszimmer im Hof bei Wangen auch Bettgenossin – ist eine Studentin der Medizin, die wie er kurz nach Kriegsende geboren wurde, aus einer alten Medizinerfamilie der Stadt Linz stammt und sich wunderbar in die Familie einfügt. Lonis Söhne sind nun wirklich Männer mit Zukunft. Und sie mit ihren Männern eine zutiefst dankbare glückliche Frau und Mutter.

Nachwort

Eigentlich hatte ich beschlossen, vorerst kein Buch mehr zu verfassen. Dann aber bekam ich durch eine Jahresarbeit eines familiär betroffenen Schülers einen Hinweis auf eine junge Pflichtjahrfrau, deren Verhältnis mit einem polnischen Zwangsarbeiter diesem als „Rassenschande"-Täter das Leben gekostet hat, über deren etwaige Bestrafung aber noch nichts bekannt war.

Mit der Kenntnis ihres Geburtsortes und -tages habe ich nachgeforscht und Erschreckendes herausgefunden. Diese Maria, geboren im Frühjahr 1922 in einer kleinen Stadt in Niederösterreich, ist wohl im Juni 1936 (als Vierzehnjährige!) ins Oldenburgische Land geschickt worden, vermutlich um eine „gute Hausfrau und Mutter" zu werden. Das wäre überraschend früh, diese Pflichtjahreseinrichtung begann offiziell erst 1938. Sie war (ab wann ist nicht bekannt) bei der Familie der Urgroßeltern des besagten Schülers Sönke Müller in deren Pachtbetrieb in der Wesermarsch im Einsatz.

Das Mädel war bereits in diesen jungen Jahren "kein Kind von Traurigkeit", hat wohl einigen jungen Männern in den Nachbarhöfen den Kopf verdreht und sich schließlich mit einem polnischen Zwangsarbeiter eingelassen. Das hat ihm - ohne Gerichtsverfahren - das Leben gekostet und auch sie zur Bestrafung gebracht, weil ihn und die Maria vermutlich ein eifersüchtiger Jüngling "verpfiffen" hat. Wahrscheinlich am 25.08.1941 wurde sie wegen ihres Verhältnisses zu diesem polnischen Zwangsarbeiter Wladislaw Klara verhaftet. Da sich kein Urteil im Wilhelmshavener Gerichtsarchiv findet, wurde sie sichtlich auch ohne Verfahren ins Straflager verbannt.

Nach unklar kurzer Haft in Wilhelmshaven kam sie wohl zuerst in das Konzentrationslager Ravensbrück und dann nach Auschwitz. Von dort kehrte sie am 25.06.1945 in ihre niederösterreichische Heimat zurück und wohnte kurz in ihrem Elternhaus. Ab dem 13.07.1945 lebte sie in einem „Ledigenheim II", einem Gebäude, in dem nur alleinstehende ledige Frauen wohnen durften. Sie war schwanger, als sie 1945 wieder nach Österreich zurückgekommen ist. Ihr erster Sohn wurde am 16.08.1945 dort geboren, als sie noch im Ledigenheim wohnhaft war. Ein Vater wurde nicht angegeben, war halt „unbekannt".

Leider gibt es nur wenige brauchbare Quellen über das Leben allgemein und erst recht den sexuellen Missbrauch weiblicher Konzentrationslager-Gefangener. Es gibt aber Hinweise, dass viele Frauen und Mädchen von den Schergen vergewaltigt wurden, "schlauere" sich aber auch durch eine Art freiwilliger Gefangenen-Prostitution Vorteile - z.B. das Überleben - ergattert haben. Ab 1943 wurden auf Heinrich Himmlers persönliche Anordnung in kleinen Konzentrationslagern als Versuch, ab Sommer 1944 dann fast in allen KZs Lagerbordelle mit zwangsprostituierten gefangenen Frauen als besondere Belohnung für „tüchtige Mitarbeiter" eingerichtet. Alles grausige Vorstellungen! Aber wohl Erklärungen für Marias Schwangerschaft bei der Rückkehr aus Auschwitz.

Maria hat im Leben nie mehr richtig Tritt gefasst, einen weiteren unehelichen Sohn geboren, zwei Ehen nacheinander erlebt und fast nichts auf die Reihe bekommen. Ihre fünf bekannten Nachkommen sind alle mehr oder weniger gescheiterte Männer gewesen, deren Spur sich inzwischen ganz verloren hat, soweit sie überhaupt noch leben. Nach dem Ende der Nazizeit sind allerlei Existenzen am unteren sozialen Rand entstanden, wie wohl auch die dieser seelisch und körperlich zerstörten Frau, die offensichtlich bis zu ihrem Tod 1987 in "ärmlichen Verhältnissen" verharrte.

Dieses Frauenschicksal und die dahinter stehende Grausamkeit des Naziregimes haben mich veranlasst, vorstehendes Buch zu schreiben. Aber anders als diese Maria ohne Aussicht auf eine bessere Zukunft hat meine Loni eine solche nie aus den Augen verloren. Ohne ein erfreuliches Ende oder zumindest einen versöhnlichen Ausblick mag ich nicht erzählen, schon gar nicht von Frauen, dem nach meiner Erfahrung starken Geschlecht.

Gerhard Roos, Stadland, im Mai 2023

Vom selben Autor sind bisher folgende Bücher erschienen:

- Am Außendeich, Geest-Verlag 2020,
  ISBN 978-3-86685-812-1

- Erben verpflichtet, Geest-Verlag 2021,
  ISBN 978-3-86685-835-0

- Gelernt zu leiden ohne zu zerbrechen?, Verlag BoD 2021,
  ISBN 978-3-7534-4379-9

- Dorfkristallnacht, 2. Auflage, Verlag BoD 2021,
  ISBN 978-3-7557-3720-9

- Pommerland ist abgebrannt, Verlag BoD 2022,
  ISBN 978-3-7557-0732-5

- Milch und Honig, Verlag BoD 2022,
  ISBN 978-3-7543-8497-8

- Unbillig, Verlag BoD 2022,
  ISBN 978-3-7562-3744-9

- Schwei, Verlag BoD 2022,
  Zusammenfassung einer alten Dorfchronik
  ISBN: 978-3-7568-4437-1

- Die Uhr tickt + Hoffnung schafft's, Verlag BoD 2022
  Zwei Erzählungen vom Leben behinderter Pflegekinder
  ISBN: 978-3-7568-5637-4

- Alles kommt wieder, Verlag BoD 2023
  ISBN: 978-3-7578-0124-3

roos-gerhard-autor.de